NF文庫
ノンフィクション

新装解説版

サイパン戦車戦

戦車第九連隊の玉砕

下田四郎

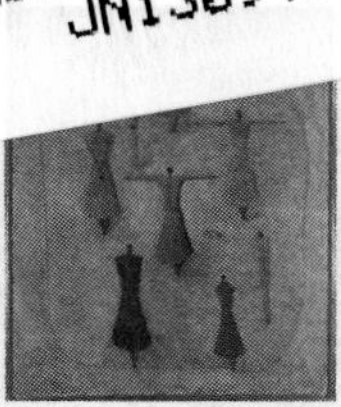

潮書房光人新社

本書では昭和十六年に戦車部隊に入隊、太平洋戦争末期にサイパンで戦った著者の体験が描かれています。

著者のいた戦車第九連隊は、満州から絶対国防圏とされたサイパンに転用され、米軍と激しい戦闘を繰りひろげた後、玉砕します。

戦後、サイパンを訪れた著者は変わり果てた九七式中戦車を目にし、私財をなげうって日本に持ち帰るべく行動しますが、その苦労も綴られます。

はじめに

昭和十六年八月、私は陸軍の志願兵として二年早く徴兵検査をすませ、その年、奇しくも日本が米英に戦線布告をした同じ十二月、青野ヶ原の部隊に入隊するよう指示がきた。そこは戦車兵の教育隊であった。三ヵ月間の新兵教育を終えると、翌年四月、私は満州のソ連国境に近い東寧から一時間ばかり山岳地帯にはいった曖泉子溝という小さな村にある戦車第九連隊に編入され、第三中隊第三班で本格的な軍隊生活の洗礼をうけることになった。たしかに訓練そのものは厳しいものであったが、同年兵の中でも一番若い私は常に率先して勤務をこなして良い成績をあげ、中隊の皆から可愛がられ、二年にわたる満州の暮らしを大過なく過ごすことができた。

太平洋の戦線は時を待たず、苛烈であり、私たちの部隊にも動員の下令がなされ、中隊内がひっくり返るような騒ぎのなかで三月十日、出陣式が行なわれた。真新しい軍服を着用した私たちは思い出多い兵舎を後に、送る者送られる者、静かに無言で敬礼を交わしながら征途についた。戦車のエンジン音とキャタピラのカタカタと鳴る音だけが辺りに充ち、それがゆっくりと移動していった。目と目を合わせて残していった戦友たちとそれが最後の別れとなるとは思いもよらなかった。わずか三ヵ月後、サイパン島で私たちの部隊が玉砕するとは神のみが知る運命であったのだ。

陸路、汽車に揺られて南下し、釜山からは加古川丸に乗船して瀬戸内海から横浜港にはいり、そこで他部隊とともに四月一日に二六隻の大船団となって出港した。米潜水艦の雷撃をうけるものの、無事に四月八日、サイパン島に着いた。翌日からは部隊総出で揚陸作業にかかり、船のデリックがチハ車の重量で曲がって使いものにならず、車内の弾薬などを取り外してどうにか陸に揚げることができた。移動におけるわが戦車隊の搭載、揚陸作業はそのすべてを部隊で行なわなければならず、将校以下全員が汗だくになって作業を行なった。その間、敵機の空襲に見舞われ、到着早々から第一線の厳しさを目のあたりにする。

揚陸を終えた翌日からは、戦車を隠すための穴掘りが始まった。米軍は上陸戦に際し、常に圧倒的な砲爆撃を実施するので、そのために二ヵ月を費やして掩体壕が作られた。そしてその完成に喜び、戦車を安置した当日、米軍の本格的な空襲が始まったのである。しかし、汗水たらした作業のおかげで、猛爆と艦砲射撃に耐え、一台の戦車も傷つけることなく米軍上陸の日を迎えた。そして、部隊全員一丸となり、「我身を以て太平洋の防波堤たらん」の言葉通り、祖国防衛のため南溟の孤島で玉砕した。

あれから三十年余り、私は家内とふたりでサイパン島に行った。そこで私が見たものは、現地のゴミ捨て場に放置されたチハ車であった。ゴミを焼くたびにガソリンを浴びせられ、そのたびに炎に包まれる、かつての私の分身の変わり果てた姿であった。あまりに醜いチハ車を見て、私は言葉を失った。その日から、サイパン戦で生き残った者として、私はチハ車を日本に持ち帰るべく働いた。当時の外務大臣大平正芳氏は国連信託総領事、ハワイの高等弁務官府などに交渉を行ない、途中、サイパンが北マリアナとして独立した後も引き続き、親身になって折衝の労をかさねていただいた。

私は日本の税関との申請打ち合わせ、持ち帰るための許可申請などにかけずり回った。また、戦車引き取りの交換条件となった現地の機関車の修理という難題にも取り組んだ。修理に必要な機材や鉄材などの日本での購入、それらの運送手配と輸出手続きなど、目の回るほどの忙しさであった。当時、大学院生の長男は担当教授の許可をえて、一ヵ月の休みをもらい、戦車の埋没位置の確認から掘り起こし、そして機関車の解体、修復作業まで立ち会ってくれた。資金が底をついてきたとき、家内は私たちのマンションを手ばなして金の工面をしてくれた。家族の理解と応援がなければできることのない戦車の里帰りであった。

「キャタピラ」という語は、戦車兵が「無限軌道」と呼んだものの原語である。私はこの書を、サイパン島の実相を世に潰すこと、そして「無限につづく日本人の生きる道」という意をこめて記したものである。

平成十四年六月

『サイパン戦車戦』目次

連日、猛演習に明け暮れるなか、「小休止」の号令がかかる——九七式中戦車による操縦訓練をうける初年兵たちは、わずか15分ほどの休憩にしばしの安息を得る。写真は昭和17年4月、満州の戦車第九連隊。

△出撃準備を終え、中隊長車(手前)に敬礼し、演習が始まる(東寧・重見台にて)。▷残雪の満州野ヶ原をゆく九七式中戦車。戦車兵たちはこの戦車を自らの分身のように思い、愛着を抱いていた。

▽演習のため、基地のある東寧から北満の各地へ移動した。鉄道輸送の際、戦車を線路わきに並べて列車を待つ。

△演習中、教官から講評をうける。ときには激しい叱声がとぶこともある。▷小隊編成の戦闘訓練中の小休止。演習場は戦車第九連隊初代連隊長重見伊三雄大佐(のち比島戦で戦死)にちなんで重見台と名づけられていた。写真は昭和17年10月。

▷戦車を横隊に並べ、重機関銃の実弾射撃訓練。前方の壕にひそんでいる兵隊が旗を振ると、一斉に機関銃が火を噴いた。▽零下30度での北満の冬期演習。吹雪になると車外に出て、機関銃に覆いをかぶせる(昭和17年11月、東寧・重見台にて)。

▷広大な原野での操縦訓練。車外の2人は査閲官である。天蓋から内部をのぞき、さまざまな指示をあたえている。

射撃訓練はひんぱんに実施され、戦車砲が原野に響き渡る。戦車を4輛並べ、射手は後方で待機して交替した。その精度は日増しに高まっていった。

長時間の操縦訓練のあと、「大休止」の号令がかかった。戦車兵たちは、まず戦車に偽装を施し、その後、農家の壁によりかかって眠りについた。

「架台訓練」と呼ばれた初年兵の射撃訓練。初年兵たちは、乗車演習の前に、戦車砲と同じ装置の架台上で砲操作の訓練をうけた(昭和17年４月)。

激しい野外演習が終わったあとの機関銃の手入れ。兵器は戦車から取り外し、乗員たちで入念に分解掃除するのが、戦車隊のきまりとなっていた。

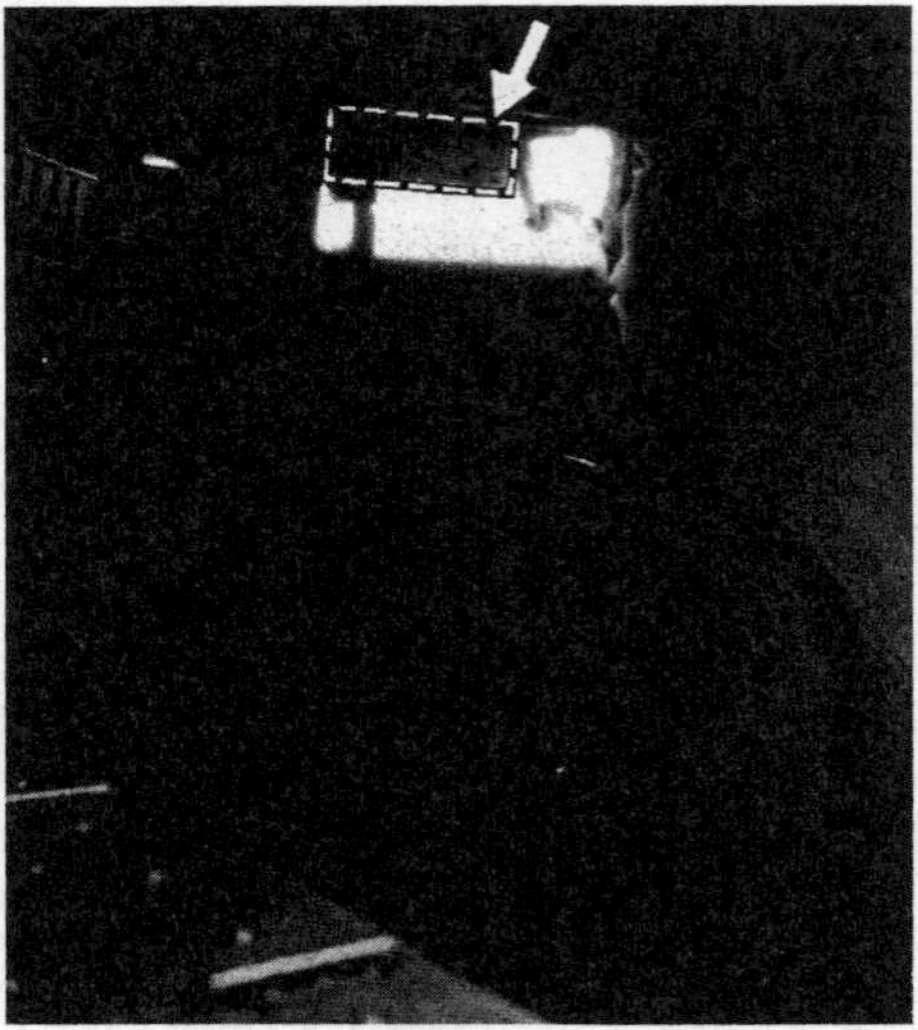

◁九七式中戦車の視界は限られていた。戦闘中は覗視にも前蓋(点線部分)を使って蓋をするので、葉書一枚ほどの空間を利用して車外の状況をうかがう。▽中隊の車廠前での整備。キャタピラは戦車の命である。たえず転輪にグリースを注入しなければならない(昭和17年7月)。

△戦車第九連隊の兵器検査。年に一回の検査は、五島正連隊長が厳しい目で点検してまわった(昭和18年5月)。
▷戦闘演習中、夜営を行なう場合、かならず戦車を偽装しておかねばならない(昭和17年10月、綏陽付近にて)。

△訓練中の昼食。飯盒の副食は梅干し、それに余りの塩からさに猫でも敬遠する〝猫またぎ〟と呼ばれた塩鱒。◁一日の訓練の終わりは、戦車を車廠におさめるとき、その実感がわいてくる（昭和18年3月、東寧の戦車第九連隊第五中隊の車廠）。

営内の昼食。戦車服のまま食事をとる隊員たち。飯に味噌汁、そしてわずかな副食。はげしい演習と粗食——関東軍の精鋭たちは、それに耐えた。

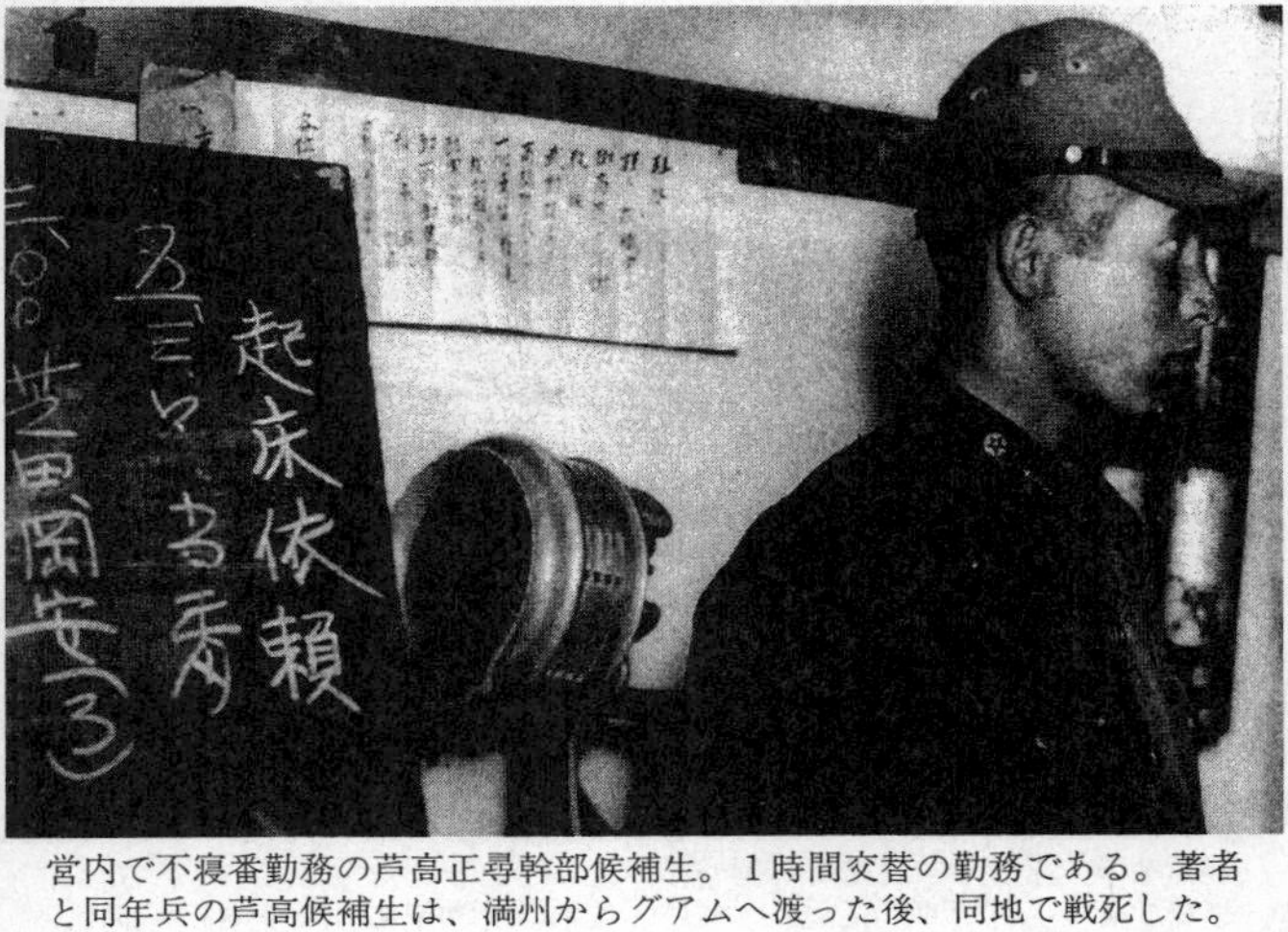

営内で不寝番勤務の芦高正尋幹部候補生。１時間交替の勤務である。著者と同年兵の芦高候補生は、満州からグアムへ渡った後、同地で戦死した。

通信教育。「ソラ　ソラ　ソラ」と航空機に呼びかけ、「コチラ　セン　セン　セン」と戦車隊からの通信連絡であることを知らせる(昭和17年9月)。

通信教育。トラックに無線器材を積み込んで、車を走らせながら、互いに連絡をとり合う。車間距離によって、周波数を調整するのが難しかった。

△演習に出動する前、かならず戦車を整備する。写真は中隊車廠での九五式軽戦車の手入れ(昭和18年4月、東寧にて)。
▷野外演習中に足場を組んで行なわれた戦車の機関部の引き揚げ作業。これは戦闘の際の応急修理に備えたものである。

戦車第九連隊連隊長五島正大佐(中央、中佐当時)。のちサイパンで戦死。

春まだ遠い満州の原野で、残雪を踏んで行なわれた戦闘演習の記念写真。
敵兵に仮装した戦友たちも一緒になってカメラの前に並んだ(東寧にて)。

森林通過演習のため貨車に戦車を搭載し、城子溝を出発する。せまい貨車1輛に戦車2輛を積み込む作業は、なかなか難しかった(昭和18年7月)。

内地から新しい九七式中戦車がとどいた。城子溝まで貨車で運ばれてきた戦車の受領時の写真。キャタピラも全てが真新しい。

サイパン戦で先陣を切ってオレアイ飛行場に突入した第三中隊の西館中隊長車。天蓋が吹きとんでいる状況から、バズーカ砲の直撃をうけたものと思われる。後方の無線電信所に米軍指揮所があり、戦車隊の目標となった。

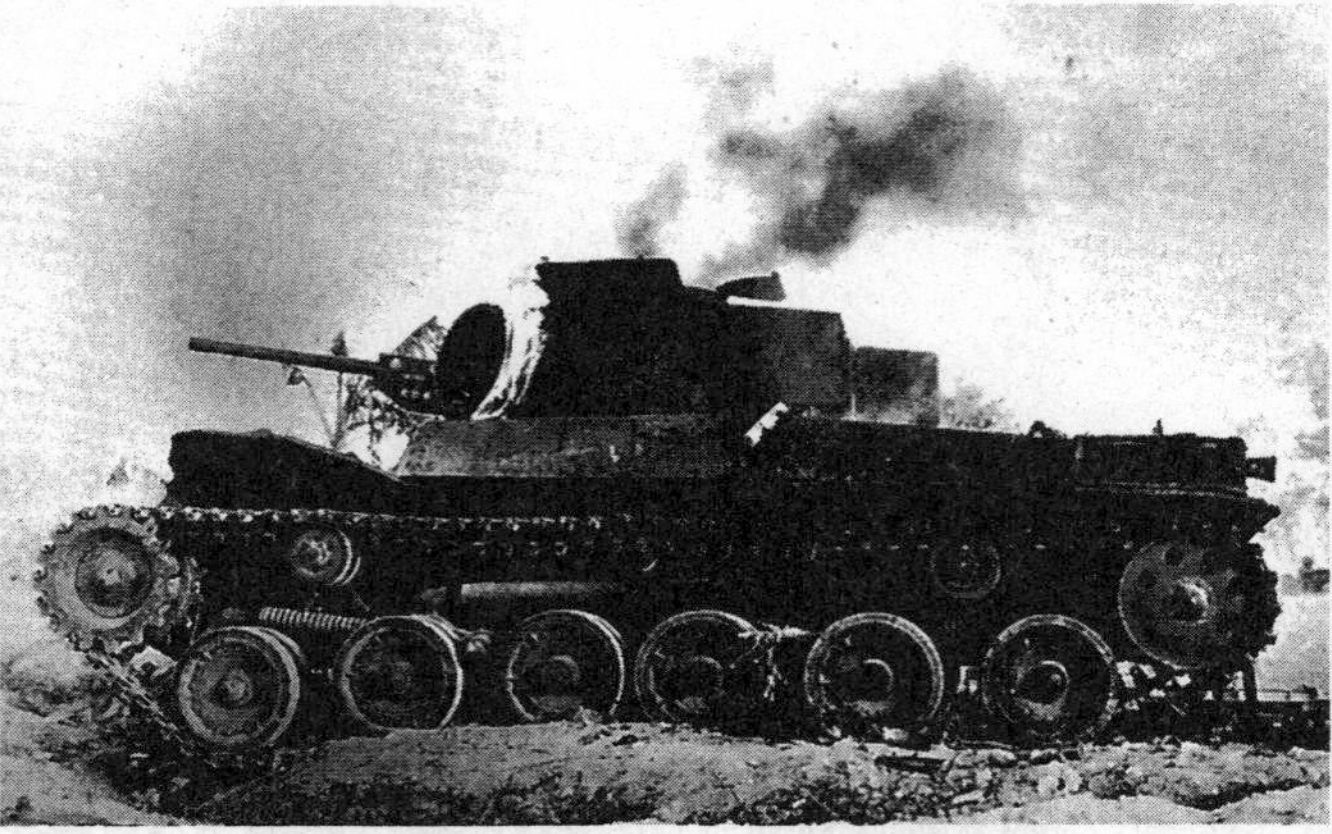

炎上する第五中隊長車。柴田大尉の乗る第五中隊長車は、戦車第九連隊が潰滅した6月17日の総攻撃に参加した。未明から始まった戦闘は4時間で幕を閉じ、日本軍戦車が無残な姿をさらした(オレアイ飛行場付近にて)。

五島連隊長が座乗する戦車には連隊長車の目印である白い〝鉢巻き〟が砲塔にあり、これが米軍の攻撃目標となった。同車は戦車砲下部の操行器に手榴弾を投じられ、第3転輪は吹きとび、機関部がむき出しとなっている。

吉村大尉の乗る第四中隊長車は、米軍が上陸した6月15日、水際撃退のために出動した。中隊長車はヒナシス稜線付近で擱座したらしい。翌日、戦車第九連隊主力は、稜線の背後にある南興神社に総攻撃のために集結した。

サイパンから帰還、靖国神社に奉納された戦車。オレアイ飛行場付近で擱座したもので、後にタナバク海岸に埋められているのを著者が発見した。

昭和50年7月、30年ぶりに姿を現わした九七式中戦車。車体は錆ついているが、当時の雄姿がしのばれる(後方は著者。タナバク海岸埋立地にて)。

昭和50年８月７日、サイパン港に入港した「ぽなぺ丸」船上に設置された九七式中戦車。戦地の砂の持ち帰りは防疫上、許可されなかったという。

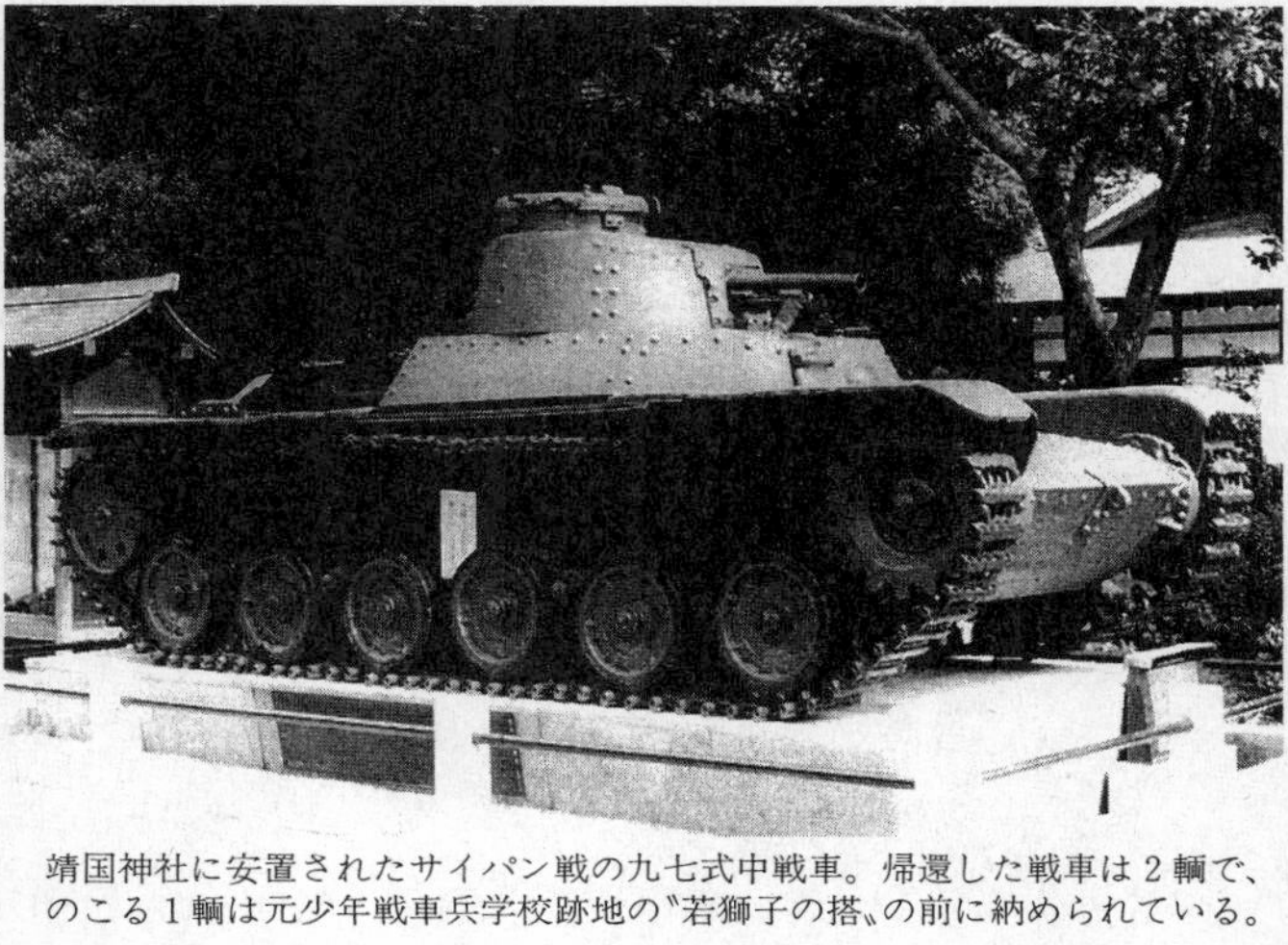

靖国神社に安置されたサイパン戦の九七式中戦車。帰還した戦車は２輌で、のこる１輌は元少年戦車兵学校跡地の〝若獅子の搭〟の前に納められている。

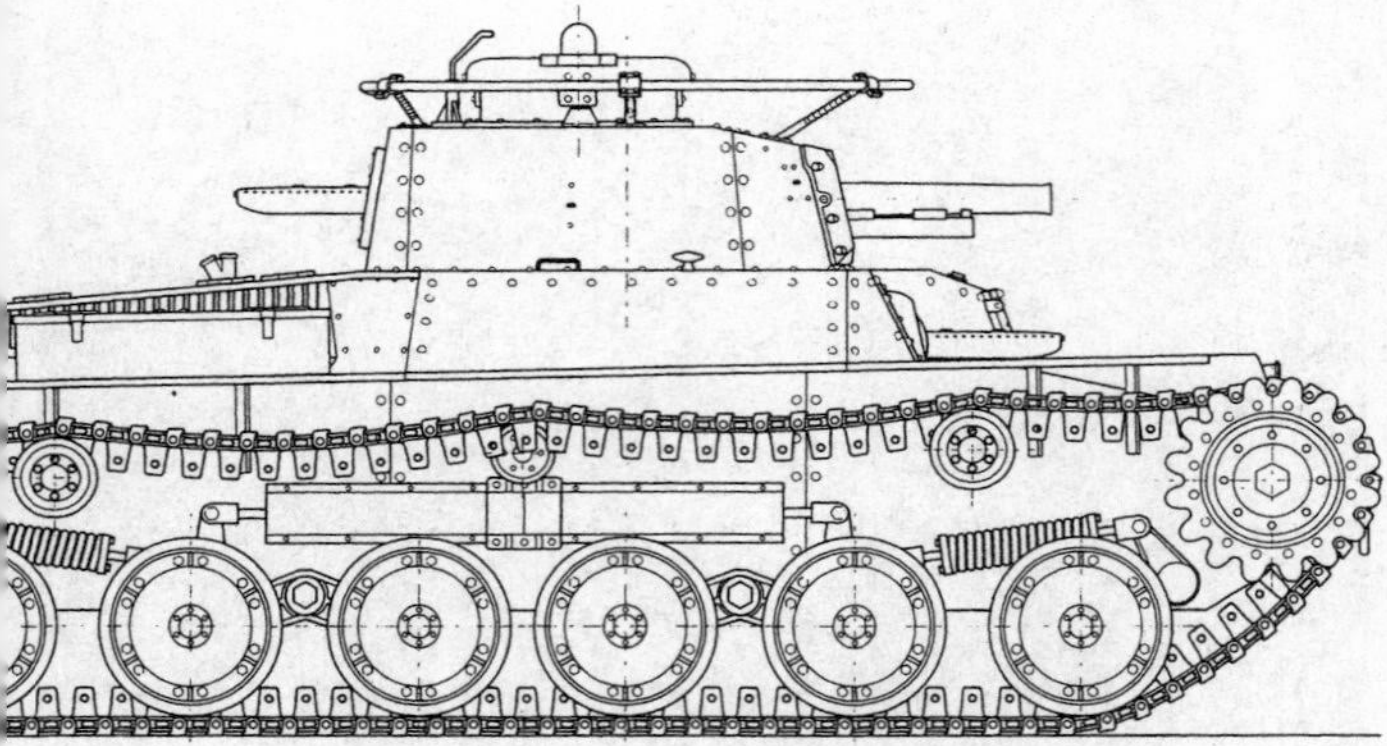

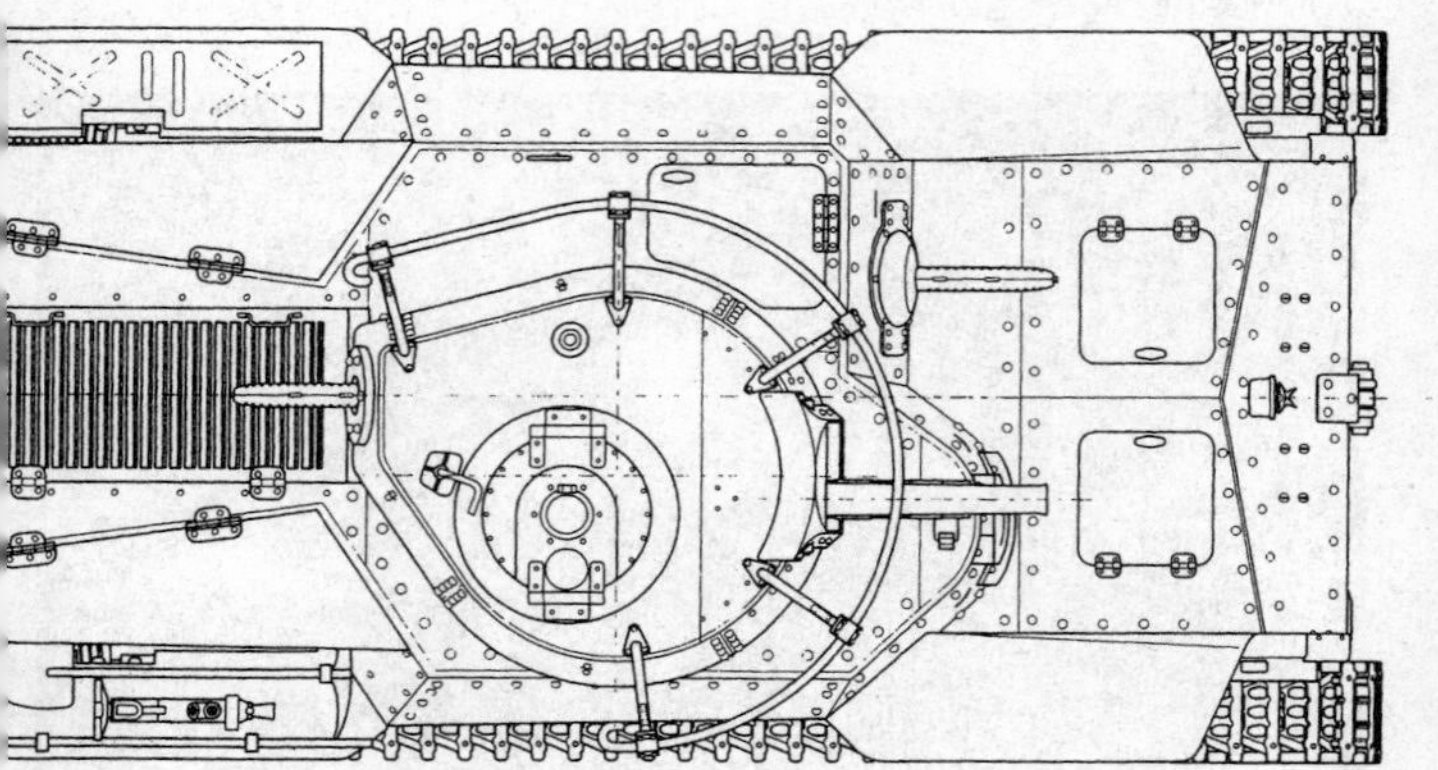

作図／小林克美

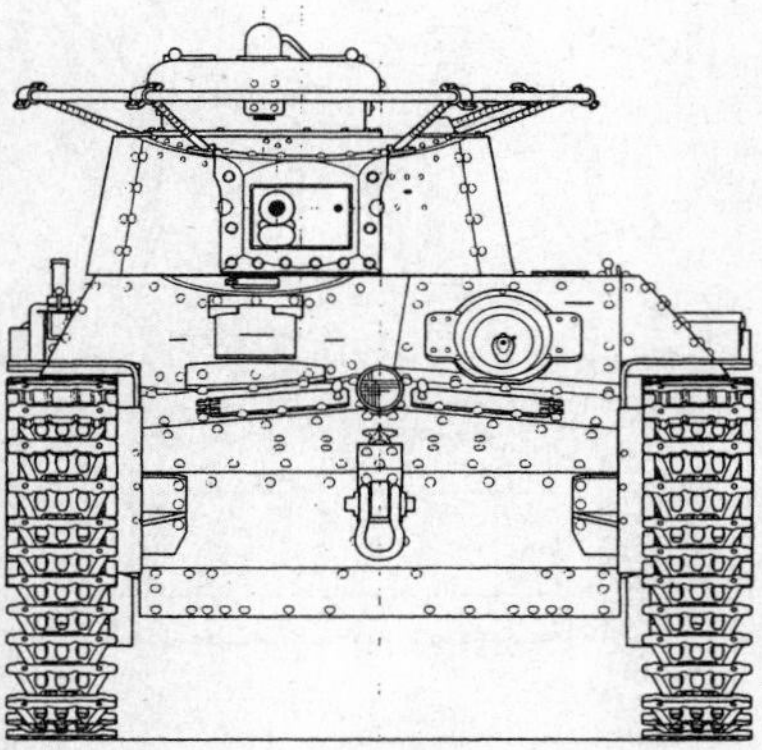

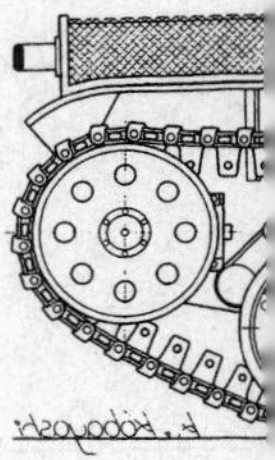

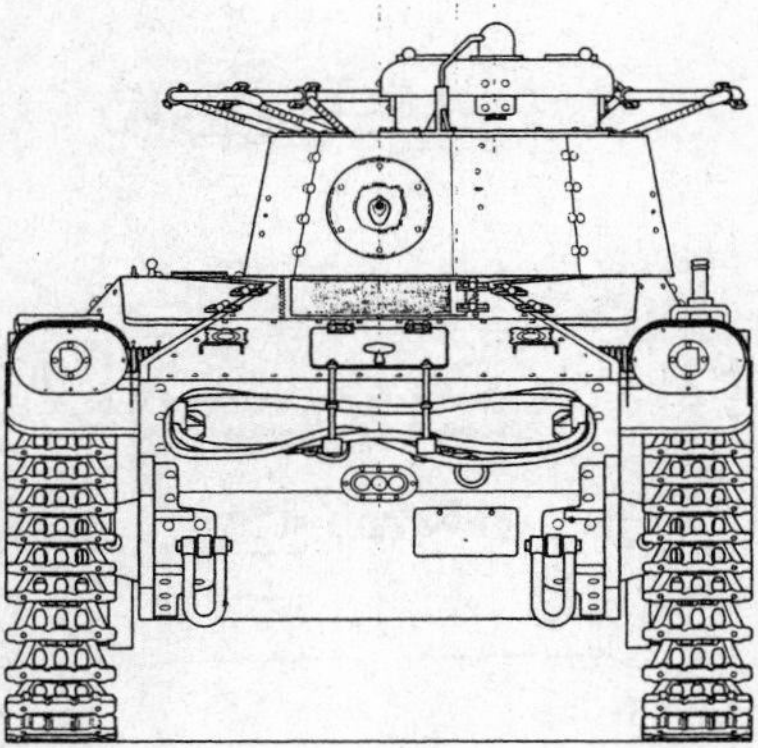

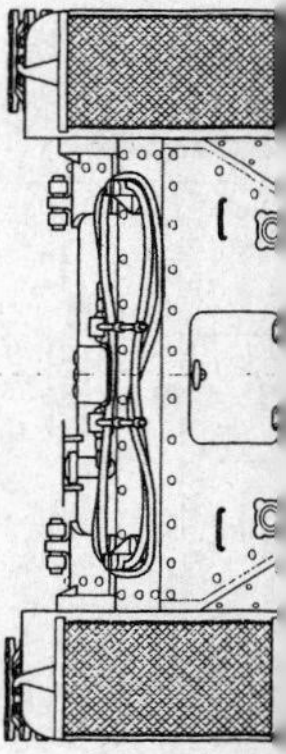

九七式中戦車

全長　5.51m　最高速度　37km/時

全高　2.23m　装甲　8～25mm

重量　14.3t　武装　57mm砲×1、機関銃×2

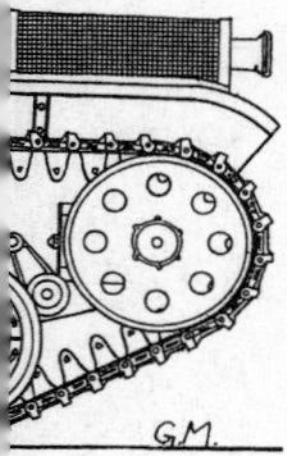

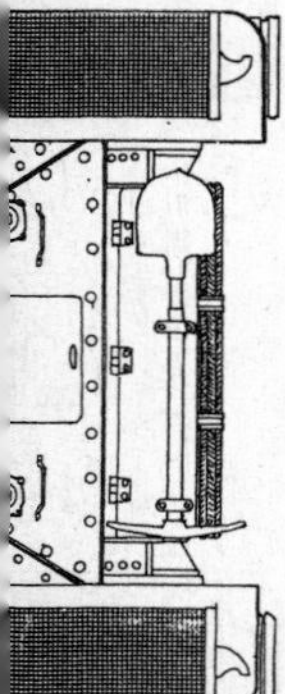

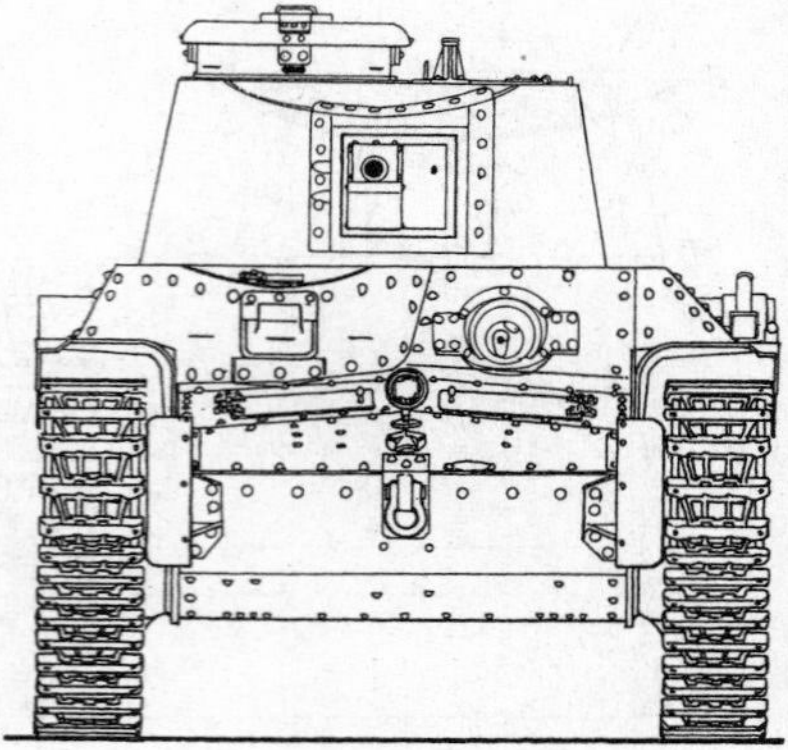

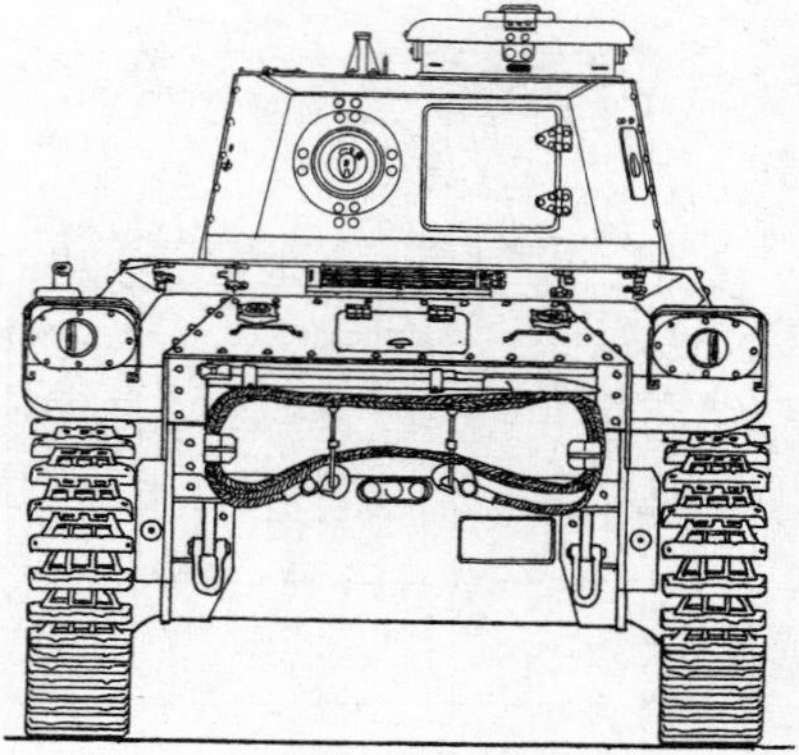

作図／樋口隆晴

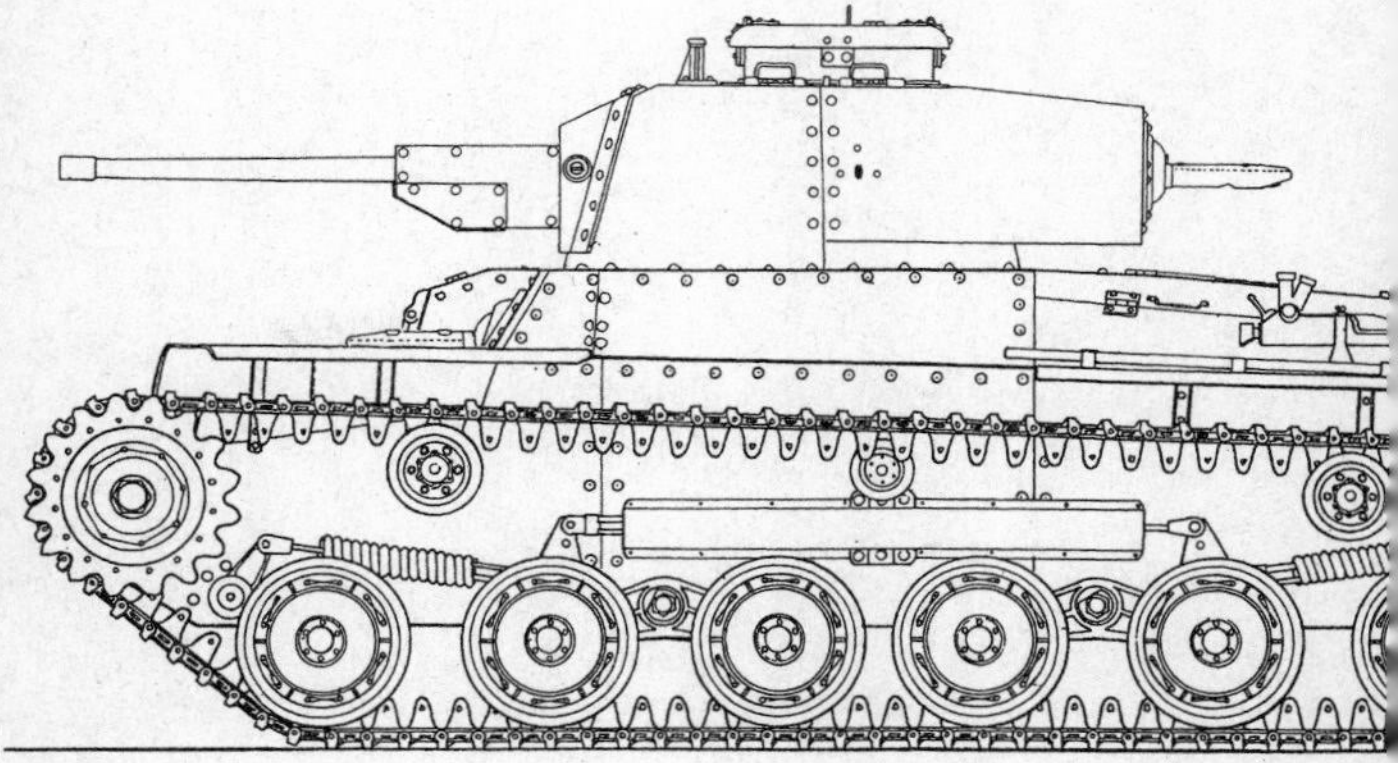

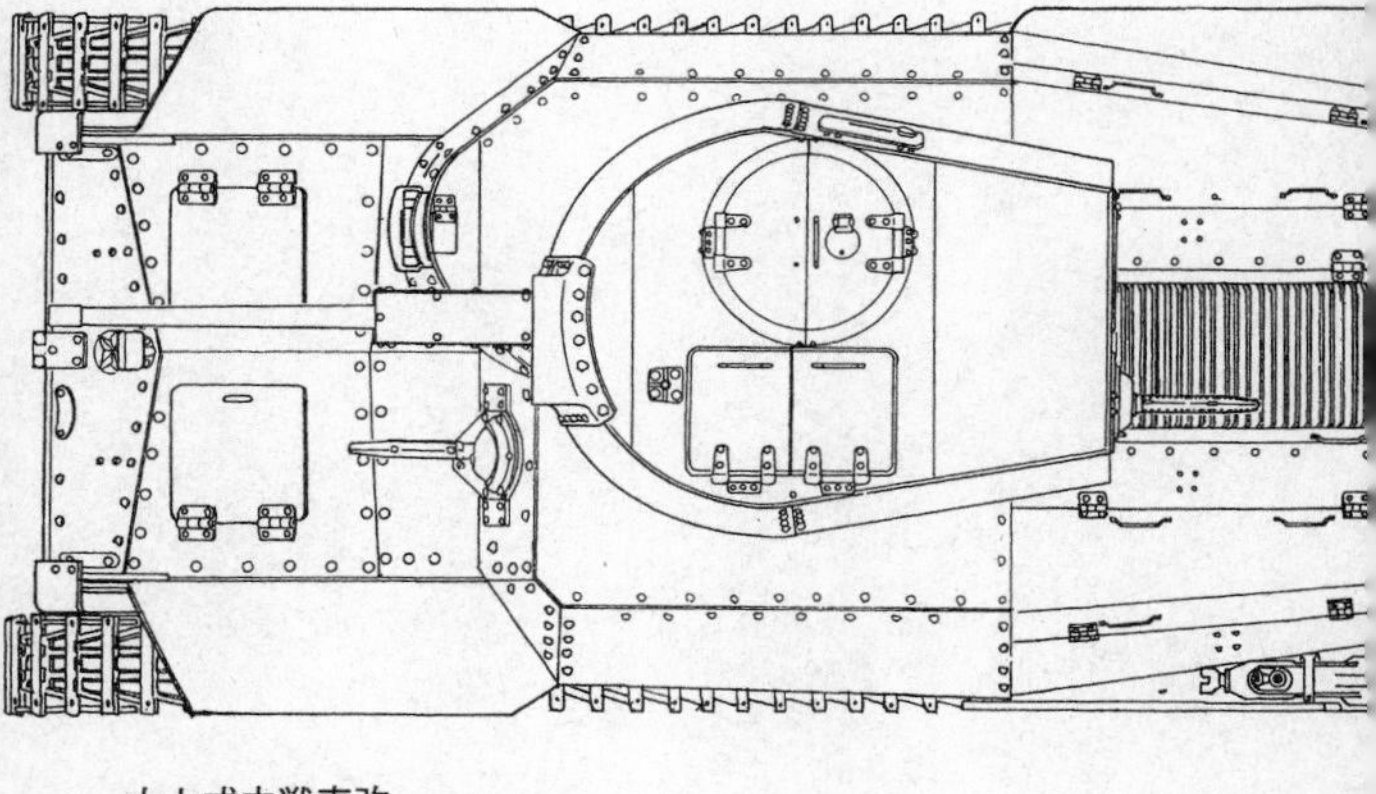

九七式中戦車改

全長　5.51m　最高速度　37km/時

全高　2.23m　装甲　8～25mm

重量　14.8t　武装　47mm砲×1、機関銃×2

サイパン戦車戦

戦車第九連隊の玉砕

プロローグ

太陽とジャングルと

米兵たちは、道路の中央部に腕組みして黙然とすわりこんでいる一団に驚いたのであろう、悲鳴をあげ、五〇メートルほど手前で車に急ブレーキをかけた。彼らは、タイヤの音をきしませながら、あわてて車を後退させ、走り去る。何度も同じ場面がくりかえされた。

はるか向こうにチャチャの飛行場が見える。後方は、いま別れを告げてきたジャングルである。陽が昇りつめ、アスファルト舗装の道路をジリジリと焼いた。サイパン島の日本軍組織的抵抗を放棄して、すでに一五ヵ月を経過している。夜間の行動が身にしみついてしまったわれわれには、南国の太陽にさらされながら、すわりつづけることは、苦痛であった。

「捕まえてくれんぞ」

たまりかねたように、一人が声をあげ、それにつられた六人がそれぞれの思いを声高にしゃべりだした。

「いつになったら、やってくるんだ」

「いや、捕まったら、どうせ別れ別れになるんだ。それまでは一緒に……」

「おそらく銃殺だろうな」

その言葉に、全員がふたたび黙りこんだ。

われわれは覚悟して、ジャングルから出てきたのだ。激しい戦闘のすえ、長い彷徨《ほうこう》の生活。たえず死と隣り合わせに生きながらえ、多くの戦友の死を目のあたりに見てきている。いまさら驚かない気でいるが、しかし、生への期待は、つよかった。だからこそ、こうした行動にでたのだ。

前夜、ジャングルの洞窟から一歩も出ず、投降の準備をした。小麦粉でドーナツを焼き、肉類の缶詰をあけ、善哉《ぜんざい》もそろえた。砂糖黍《さとうきび》からしぼり出した汁を煮立たせ、輪切りした夕ロ薯《いも》を放りこんだ特製の善哉である。

この日まで貯えていた食糧を、すべて使った豪華な食事であった。もし、友軍が応援にやってきたら、この食糧で体調をととのえ、ふたたび戦うつもりでいた。その日を待ちつづけ、乏しい食糧で耐えてきたが、もう、その必要もない。

大声をあげ、笑いながら食事をした。全員が一致して、投降を決定したのだから、互いにわだかまりはないはずだ。そう感情を割り切って、最後の食事を楽しもうとつとめているようでもあった。

食事のあと、銃器の手入れをした。

九七式車載銃は、最後の戦闘のさいに戦車から取りはずしてきた、ただ一梃の機関銃であ
「歩いてみようか」

る。丹念に油でぬぐい、紙にくるんだ。九四式拳銃二梃、軍刀一振、米軍のカービン銃二梃、弾丸……。この兵器で全員が最後まで戦いつづけるつもりでいた。天皇陛下からいただいた兵器を、米軍に渡すわけにはいかない。すべて岩の割れ目に押し込んでかくした。いつの日か、ジャングルにまだ残っているはずの戦友が、この洞窟にひそみ、見つけだした武器で戦う日があるかも知れぬ。

午前二時過ぎ、一二畳ほどの岩場に、六人がいつものようにならんで寝た。

私と為政朝男兵長は二十歳、いちばん年長の波渡崎善宏一等兵は二十八歳か。鈴木宗忠兵長二十三歳、桑原、平山両兵長は、たしか二十五歳前後である。そして、為政、平山が海軍、残りは陸軍、陸海混成の集団であった。

サイパン島。南北約二〇キロ、東西二・四キロ～一〇キロのこの島は、グアム、テニアンなどの島々とともにマリアナ諸島を構成する。米軍上陸直前、約三万人の日本軍守備隊がいた。しかし、米軍の爆撃と艦砲射撃につづき、圧倒的な火力をもって上陸した米軍の前に、時々刻々戦力を失っていった。最後の総攻撃、そして絶望的ともいえる小突撃。もはや組織的な戦闘は不可能になり、生き残った日本軍の兵士は、ジャングルに逃れ、洞窟にひそみ、遊撃戦をつづけた。そして米軍の執拗な掃蕩作戦で、多くの戦友が果てたが、昭和二十年八月十五日の終戦の時点でも五〇〇人前後がなおジャングルにいたと思われる。

生と死を語り合った友を岩陰で見失い、新たな友と出あった。ジャングルをさ迷ううちに成立した私たち集団も、米軍の掃蕩で二人の戦友を失っている。

ある朝の十時ごろだった。すさまじい爆発音と同時に、私たちがまどろんでいた岩場が大きく揺らいだ。爆発音は、すぐ下の洞窟から連続して響いてきた。岩の割れ目から洞窟の内部をうかがうと、煙のなかに一五、六人の米兵が殺到する姿が見えた。米兵は、まず手榴弾を洞窟の入口から数発投げこんだあと、なだれこんだ。

ちょうど私たち五人は、暗闇の洞窟生活で悩まされる虱《しらみ》退治のため、岩場で日光浴をしていたのだが、洞窟には、まだ三人が残っていた。発見された三人はその場に撃ち倒された。たえまなく響いた銃声が、ようやく消えた。土屋一等兵は、胸部と腹部の二ヵ所に銃弾を浴び即死していた。松山勝巳一等兵は、腹部を撃ち抜かれ、多量の血を流しつづけていた。駆けよると、かすかな声で「殺してくれ」と何度も懇願した。

為政は、銃弾が右頬から耳へ貫通し、うめいていた。

やがて松山も息絶えた。

襲撃のさなか、米兵たちのそばで倒れていた為政は、米軍がふたたびやってくるはずだと言う。彼は多少、英語が理解できた。指揮官らしい男が、日光浴のため残しておいたわれわれの装備を発見し「ここには八人いるはずだ」と叫んでいた、と話した。

われわれは、戦友の遺体をそのままにし、この洞窟を去らねばならなかったのだ。太陽がまぶしい。なれないせいだけではない。死んでいった友の姿が目に残り、それを光線が刺すからなのだ。

今日は、昭和二十年九月十四日のはずである。

トーロー岬（マッピ岬）
ベトスカラヘ山（マッピ山）
N
マッピ
タナバク湾
タナバク
水上基地
タナバク港
無線電信所
ガラパン
タッポーチョ山
チャチャ
オレアイ
チャランケン
ヒナシス
ススペ湖（チャランカノア沼）
チャランカノア
カグマン岬
ラウラウ湾
アスリート飛行場
アギガン岬
ナフタン山
オビアム岬
ナフタン岬
0
4km

サイパン島地形図

生と死の彷徨

米軍のサイパン島上陸は、昭和十九年六月十五日であった。死をおそれぬ日本軍の防衛線も日を追って後退した。戦後の記録によると、中部太平洋方面艦隊司令長官・南雲忠一中将が「われ、玉砕せんとす」と訣別の電報を発したのは、米軍上陸の三週間後の七月六日である。また、おなじ日、第四十三師団長・斎藤義次中将も「全員一死を以て太平洋の防波堤たらんことを期す」と打電している（第三十一軍司令官・小畑英良中将は、米軍の上陸直前グアム島に赴いたまま帰任できず、斎藤中将がサイパンの最高指揮官であった）。

七月七日午前三時三十分を期して行なわれた、総突撃を最後に、サイパンの司令部は消滅した。だが、生き残った兵士は、死の直前まで闘う覚悟で、北へ、あるいは東へ、最後の決戦場を求めた。

米軍は突如、襲ってきた。われわれは、洞窟の内部へ必死に逃げ込んだこともあった。わずかな岩の割れ目に体を横すべりに入れ、岩肌に背をすりつけながら、奥へ奥へと進んだ。懐中電灯の光が伸び、鼻先をシュルッ、シュルッと銃弾がかすめる。

五、六時間も、暗闇で息をひそめ、米兵の去るのを待った。

幾度かおなじ体験をかさねながら、ジャングルと洞窟を転々とし、島の中央部にあるタッポーチョ山の南麓で、ようやく安住できる洞窟をさがしあてたのは、その年の九月であった。以後一年間、ここがわれわれの根拠地となった。

洞窟の入口は、人間一人がやっと入れる程度の穴である。足から体をすべらせて降りると、一坪あまりの岩場がある。さらに身をかがめながら一五メートルほど奥に進んだ部分が居住区になっていて、米軍の艦砲射撃を避ける間、民間人が使っていたらしく、鍋釜など炊事道具も残されており、好都合であった。

私たちの一日は、夕方六時の朝食ではじまった。米軍の掃蕩作戦は、午前九時ごろからはじまり、午後四時に必ず終わる。米兵たちがジャングルにわけ入っている時間帯には、こちらは洞窟の奥で寝ているわけだ。午前四時が夕食、一日二回の食事である。洞窟を抜け出して行動をおこすのは、午後八時ころから約八時間、米兵たちが寝しずまったころを見はからって、糧秣さがしに出かける。

洞窟の入口はたえず草でおおい、周囲にもできるだけ人の気配を残さないように苦心した。人間が出入りすると、いつの間にかジャングルにかすかな道筋ができてしまう。背の低い雑木で、その道筋をたえず押さえておかないと足跡が残るのだ。

サイパン特有の、激しいスコールは、大歓迎であった。叩きつけるような雨が、足跡を消してくれた。しかも、雨音が私たちの気配を消す。

暗闇のジャングルでも、わが家の庭のように正確に行動できた。勿論、月夜にはジャングルの木の間から光がさしこみ行動しやすいのだが、敵に発見されるリスクがつきまとう。いきおい、暗い夜に行動する。

そのために、洞窟を出て何歩行けばまがる、さらに前進して……と地理は頭にたたきこんである。間もなく、目を閉じていても、ジャングルで行動できるようになった。

しばらくは戦死者の遺体が目印になった。まだ米軍の掃蕩作戦がひっきりなしにつづけられていたので、私たちにも埋葬する余裕はない。米軍も無数に横たわる遺体を収容するまで手がまわらなかったらしく、太い木の根に遺体をよりかからせ立たせておいた。

夜間、ジャングルを歩くと、月の光をうけて遺体が無気味に浮きあがった。しかし、この遺体が道標の役をつとめ、生きるものを案内してくれるのだ。私たちは合掌し、語りかけ、その前をとおりすぎた。遺体は、いつか白骨化し、風化していった。

飢えをしのぐために、危険をおかす日々がつづく。

洞窟から約二キロの地点に、米軍のごみ捨て場があった。米兵の残飯をもとめて、ジャングルを夜、ひそかに抜けだした。

ジャングルのすぐそばで、米軍の携帯食糧が積んであるのを見つけた。てっきり掃蕩作戦の米兵たちが残していったものと思いこんだ。これまでにも、そのような幸運に出あっている。五人が、小走りにかけよった。

パンまでまじっていた。夢中でむしゃぶりつき、野菜の缶詰をポケットに押し込んだ。ふと顔をあげると、約二〇メートル先にも、おなじような食糧の山がある。こおどりして私たちはふたたび駆けよった。ポケットは缶詰でさらにふくれあがった。これだけあれば、当分はしのげる。

幸運は三度もかさなった。さらに前方に食糧が見える。うなずき合い、小走りに近づいた。その瞬間、激しい銃声が耳をつんざいた。米軍のトリックにひっかかった。おびきよせられていたのだ。

四散してジャングルにとびこむ。二時間後、あらかじめ決めていた集合地点にあらわれたのは三人だけだった。本田准尉、野中健次上等兵は、三日待ってもついに帰らなかった。
常食は蝸牛《かたつむり》であった。まず湯がき、あのヌルヌルした粘液があわ立って表面に浮きあがると湯を捨て、殻のなかから身を抜き出し、灰にまぶしてさらに粘液を取り去る。そのあと水洗いして串に刺して焼く。フランス料理のエスカルゴのようにはいかない。決してうまいものではないが、しかし、ふしぎに満腹感をいだかせる。しかも、ジャングルでは蝸牛なら無数に見つかる。もっとも、しのつくような雨のなかで、さがす日はつらかったが……。

島の邦人たちが栽培していたタロ薯、里薯を掘り起こし、民家でつくっていた甘薯をさがしあて、牛の飼料に栽培していたかぼちゃを見つけだす。しかし、わずかな量しか得られないときは、食事を一日一回にしなければならない日もあった。

火種は米軍が捨てていった銃弾を利用した。火薬を抜きだし、それをほぐして保管する。火種が必要になると、紙切れに火薬をさらし、太陽の下

米軍のサイパン島上陸を支援するため砲撃を行なう戦艦ニューメキシコ。同島は日本の〝絶対国防圏〟最前線に位置していた。

でレンズをあてるとたちまちメラメラと燃えあがる。

ドンニイの戦車隊の燃料庫跡には、ドラム缶の底にまだ油がわずかに残っていた。この油は戦闘のさい、火に包まれ、炎をあげて燃えあがった戦車用の軽油の残りである。火がおさまった後に残された油は、ちょうど発火点の低い灯油のようになっていた。

燃料庫跡でドラム缶を何度も傾けながら、油を集めて大切に保管して灯火につかった。衣類を引きちぎってより合わせた芯をつくり、灯油をにじませる。缶詰の空缶のなかで、芯がジリジリともえながら、暗い洞窟の内部を浮きあがらせた。

炊事のさいは、米軍の砲兵陣地から盗みだした空の弾薬箱が燃料となる。良質の木材を使っているので、かっこうの薪になった。食糧さがしから帰ったあと、炊事の準備をはじめる。煙が洞窟の奥から、入り口へ漂い、そして岩の合間からうっすらとジャングルの木々に流れて行く。

生きていくために欠かせない水には、生命をかけねばならなかった。

洞窟の近くには、谷間《たにあい》のくぼ地に自然水がわき出る地点が二ヵ所あった。しかし、ここには米兵が必ず待ち伏せしている。ようやく安全な場所をさがしあてた。島の民家は、コンクリート水槽に雨季の天水を貯めて使っている。その水槽を、艦砲射撃で叩きつぶされた民家の屋内に発見したのだ。われわれは水を得るため、何度も石油缶をかかえてそこへ出かけた。だが、間もなく米軍に感づかれてしまった。水源地に姿を見せない日本兵に不審を抱いた米兵たちは、私たちと同様に民家をさがしあて、そして、水量が日ましに減っているのを発見したらしい。

ある夜、民家に石油缶をかかえてしのびこんだ私は、異様な水のにおいに驚いた。近づいて見て、暗然とした。昼間、米兵が重油をぶちこんでしまったのだ。私たちの執拗な行動に手を焼いた米兵たちは、水攻めにでた。

一計を案じたわれわれは、こんどは石油缶と水筒を持って出かけた。水筒の飲み口を強く親指でおさえ、しずかにそのまま水底へもぐらせる。指をはなすと、ブクブクとかすかな音を残しながら、水筒は水をたっぷり吸いこんだ。ふたたび指でおさえて引き揚げる。

重油は水面をおおっているだけで、その下は普通の水のままだ。私たちの水筒戦術は成功した。しかし、水量は限られている。暗夜、米軍をうかがいながら、ふたたび水源地へかようことになった。

食糧がなんとか得られると、煙草がほしくなる。

洞窟の煙草は、枯れた松葉の紙巻きである。とても脂《やに》臭くて吸えたものではない。掃蕩作戦から引き揚げた米兵たちの後を追い、吸いかけの煙草を発見して歓喜した。煙草を得るためには兵舎近くのごみ捨て場にも出かけた。

ヘビー・スモーカーを自任していた平山に同行し、煙草のために生命を危険にさらしたことがある。

ある日の夕暮れ、洞窟を出て米軍兵舎を見わたすと、野外スタンドでボクシングの試合に興じている米兵たちを発見した。大勢の米兵たちが歓声をあげている。

平山が、煙草獲得のための夜間行動を提案した。ボクシングに熱狂している米兵たちだから戦利品は充分、望める、というわけだった。

気が進まなかったが、私は平山にうながされ、深夜、二人で洞窟を出た。

予想どおりであった。スタンドには、吸いかけの煙草が無数に散乱している。数本残したままの箱もあった。ポケットにつっこみ、帽子を袋がわりに使って、どんどん拾い進んだ。平山は、体をかがめながら私のそばをすりぬけ、スタンドの上部へ向かって拾い集めた。

突如、目もくらむような光芒が、私たちの姿を浮きあがらせた。反射的に身を伏せたが、光の海のなかでは意味がない。たちまち銃声が響いた。夢中で煙草を拾っている間に米軍に気づかれていたのだ。

身をひるがえし、ジャングルの方向に駆けだした。銃声が後を追う。平山は、私を追いぬいて走った。「ジャングルにとびこめっ」と、私は叫んだ。数分後、ジャングルで倒れている平山兵長を発見した。銃弾が太股を貫通していた。

彼を背負って、ふたたび逃げた。ようやく安全な地点に到達したとき、私はせっかくの煙草が一本もないのに気がついた。懸命に逃げているうちに、すべて失ってしまったのだ。しかし、負傷した平山は、まだ帽子を握りしめていた。折れたり、汚れながらも煙草は残っていた。

われわれには、煙草以上に、新鮮な果物が魅力的であった。危険さえおかせば、島に豊富なバナナを入手することができた。

戦前、邦人たちはバナナの木を防風林がわりに植え込んでいた。占領後、米軍は民家の跡にかまぼこ兵舎を建てならべたので、バナナを得るためには、その兵舎へ接近しなければならない。兵舎のそばの野戦便所は、扉に滑車で重しをつけてあった。開けるとガラガラと滑車がまわり、閉まった途端にバタンと大きな音が響く。その音を合図に、われわれはバナナの枝を切り落とした。

月明かりに照らされながら、兵舎のそばにしのびより、枝ぶりのいい木の下で身をひそめて待つ。兵舎を出た米兵が野戦便所にはいると同時に、ひとりがバナナの枝にとびつき、たぐりよせる。扉の締まる響きが、ザワザワというバナナの枝の音を消してくれる。

米兵にとってもバナナは、すぐ手にはいる新鮮な果物だ。日米間でひそかな奪い合いも起きた。熟れるまで二、三日待つつもりで目印をつけ、切らずに引き揚げる。ふたたび出かけると、米兵がすでにむしり取ったあとだ。同じような経験を米兵側も味わったらしい。彼らの報復措置は、ブルドーザーを使って、バナナの木を切り倒してしまうことだった。数日前、たしかにあったはずのバナナの木は一本もなく、野戦便所が立っているだけ、という場景に、われわれは舌打ちしながら引き揚げたものだ。

椰子《やし》の木もあるのだが、実をとるためには高く登らなければならない。発見されると、下から狙撃される危険を伴う。たえず、ひそかに、しかも機敏な行動が必要だから、椰子はできるだけ避けた。

奇妙な友情、そして……

洞窟生活がながくなるにつれて、危険を承知で、水浴びにもでかけた。交替で歩哨に立ちながら、拾った米軍の石鹼を使って垢を洗い落とした。

しかし、洗濯まではどうしても不可能だった。着用していた米軍の戦闘服が汚れてくると、着換えをもとめて洞窟を出た。米軍兵舎の洗濯場にもぐりこみ、干してある服とその場ですばやく着がえ、汚れたものをかけて置いて、姿を消すのだ。

拾った鋏《はさみ》で、互いに頭を刈り合い、髭も切った。勿論、トラガリだ。

混乱の中でジャングルをさ迷い、昼と夜と逆の生活がつづいたおかげで、今日が何月何日なのか記憶があやしくなっていた。ところが、ある夜、米軍兵舎から、さかんにジングルベルのメロディーが流れてきた。強い郷愁が、私たちの胸をうつとともに、その日がクリスマスであることに気づいた。

この昭和十九年十二月二十五日を基点に、月日を記憶するため、毎日、手帳に記入していった。こうして投降した日も、二十年九月十四日であると確信して山を降りたのだ。

洞窟の元旦は、わびしかった。戦友たちと互いに故国の正月を語り合い、話題は餅の味、雑煮の作り方に尽きた。

ただ、私たちの計算には一日のずれがあった。クリスマスを基点にしたつもりだったが、イブの日と勘違いしていたのだ。山から降りたあと、全員が首をひねりながら考えたすえ、気がついて大笑いした。

年が明け、米軍上陸後、やがて一年が過ぎようとしていた。銃声を聞くことは、まれであった。ただ、このサイパン島や、南のテニアン島から重爆撃機B29が連日のように一路北に向かって飛び立って行くのを、ジャングルの間から見ていた。

燃料と爆弾を満載し、重いうなりを残して飛び去ったB29は、日本の各都市の上空に爆弾の雨をまき散らすにちがいない。それを思うと胸が痛んだ。われわれには、何もできない。

地上では静かな日がつづいた。ジャングルには、われわれ以外にも日本兵が残っていることは確実なのだが、天に昇ったのか、地に潜ったのか、姿はない。われわれは日中は行動しないから、さがそうとしても無理なのだ。戦争の行方が見きわめられるころには、米兵たちも生死を賭けてわざわざジャングルに入り込んでこなくなった。

ある日、すさまじい銃声がたえまなく響き、米兵たちの歓声がジャングルの出口近くから流れてきた。洞窟を抜け出し、敵情偵察にでかけた。木の間から、様子をうかがうと、米兵たちは鍋や釜、土瓶などを標的がわりに並べて、射撃競技をしていた。命中率に応じて、軍票をやりとりしている。掃蕩作戦のために配給された銃弾を消費しなければならず、このような遊びを思いついたらしい。撃ち残した銃弾は、その場に捨てて引き揚げていった。

日がたつにつれ、米兵との間に暗黙の了解ができたようである。米兵はジャングルに入ってこないし、われわれも攻撃的な態度をとらない。むしろ、奇妙な友情さえおぼえてくる。

終戦の間近い昭和二十年七月ごろのことだ。米兵の姿をあまり見かけないので、私たちは大胆になっていた。午後四時を過ぎたころジャングルを出て、全員道路ばたで寝そべって空を仰ぎ雑談をしていると、ふと人の気配がした。身を起こし、ふりかえって見ると、何と、米兵が四人、近づいてくるではないか。

相手も驚いたようだ。まだ明るい時間に、日本兵が姿を見せるとは、予想もしていなかったにちがいない。しかも、米兵は丸腰で、両手にそれぞれ鶏をぶらさげている。私たちは、銃をかまえた。しかし、撃てなかった。お互いに、もう時間がたち過ぎていた。戦闘時のような激しい感情はわいてこないのだ。

相手もこちらの意志が汲みとれたのか、近づいてきた。奇妙な対話が、一時間近くもつづいただろうか。英語が多少、理解できる為政が通訳をつとめた。米兵たちは、イタリアとドイツが連合軍の前に無条件降伏したことを話し、戦いが終わりに近づいている、と説明した。米軍キャンプへ一緒に行こう、としきりに誘う。煙草を要求すると、すかさずポケットからとり出して、持っている煙草を全部、こちらに渡す。友情ともいえそうな感情が双方に流れたように思われた。

その鶏もくれ、といったら、肩をすくめながら、米兵たちはさすがに断わった。「できるだけはやく、投降するんだ」そう言い残して、米兵たちは去った。

翌日から一週間近く、きびしい掃蕩作戦がつづいた。われわれは、当然それを覚悟していた。たしかに、あの瞬間には、双方が理解しあっていた。しかし、敵兵である。それが不敵にもジャングルから出て、横行している。彼らとしては、黙視するわけにもいくまい。

ただ、この米兵との奇妙な対話によって、私たちは戦いの推移を感じとった。そのため、米軍が八月十七日にジャングルで流した終戦放送にも、それほどひどいショックはうけなかった。

われわれが投降を決意するまでには、勿論、多くの曲折があった。

前年七月の戦闘終結後、掃蕩作戦と平行しながら、米軍は投降勧告をつづけていた。

夕暮れになると、まずマイクを使って日本の民謡を流す。故郷のメロディーで、私たちの郷愁をかきたてようとした。レコードが終わると、呼びかける。

「懐かしいと思いませんか」「無駄な戦いはやめませんか」と呼びかける。

「酒も煙草もあるんですよ」とも誘う。


昭和二十年八月十七日。米軍の呼びかけは、ふだんと違った内容であった。

「今日は大事な話がある」と前置きし、二日前の日本の無条件降伏を伝えた。そして、いまから一週間以内はジャングルを自由に歩けることを保証する、と説明した。だから、ジャングルの戦友たちを誘い合わせ、山を降りてこいと言う。


翌日、たしかにジャングルの気配はふだんと違っているように感じられた。二日目、米兵の姿はない。三日目、私たちの心は動揺した。やはり戦争は終わったのだろうか？


しかし、期限の一週間以内に私たちはジャングルを出なかった。ちょうどその時期、グループのうち鈴木と桑原の二人が、以前に食糧を隠していた場所へ出かけて留守だったからだ。

「二、三日後に必ず帰る」といい残していたので、待つ必要があった。ジャングルでは、はぐれた戦友を待ちつづけるのが、掟であった。二人が姿を見せたのは、米軍が示した期限からさらに一週間過ぎた八月末だった。桑原らも終戦の呼びかけを聞いていた。戦友たちが、どんどん山を降りて行き、ジャングルにはもうほとんど住んでいないとも言う。

「これを見ろ」と、ジャングルで拾った雑誌をつき出した。米兵が捨てた『ライフ』だった。

「ジャップ・アウト」


表紙に大きな見出しが躍っていた。奪うようにして、ページをめくると、黒人兵が交通整理をしている写真が掲載されていた。背景は見覚えのある銀座の街だ。

私はその夜、まんじりともせず朝を迎えた。

それから数日、われわれ六人は、つとめて投降の話にふれないようにして過ごした。ふだんのように糧秣をもとめ、水汲みに出かけた。だが、タブーのように、お互いがその話を避けていた。

戦争が終結したのが事実なら、帰国できるはずだ。すでにジャングルの戦友たちは山を降りて行ったようである。停戦協定が結ばれたのだから、捕虜ではない。「虜囚の辱しめ」を避けることができる。

しかし、われわれの場合は米軍が通告した期限から、かなりの時日が経過していた。ふたたび銃火で迎えられるかも知れないのだ。

やはり捕虜だろうか？　あげくは銃殺か？

「山を降りよう」と切り出せば、その結果について責任を負わねばならない。みな、おなじ思いであったにちがいない。

沈黙の時間がつづいたあと、話し合う時がきた。生への期待がそうさせたのだ。

「投票で決めよう」

紙切れが配られた。

集められた紙片では、全員の意見が一致していた。そろって山を降りることを希望していた。

投降日は、非常用の糧秣を食べつくしたあとにしよう、ということになった。

私たち六人が、ジャングルの最後の日本兵となっているのを知るよしもなかった。

午前四時、洞窟に別れを告げた。長い夜間生活から、私たちは昼に向かって歩きだしたのだ。黙々と歩いた。決心して山を降りはじめたが、これからの場面を全員がさまざまに想像していたに違いない。

チャチャへの幹線道路にすわりこんだ私たちの姿が、米兵には異様にうつり、驚いたのは当然だろう。あの、八月十七日の呼びかけで、日本兵は全員すでに山を降りた、と彼らは理解していたはずだ。それが約一ヵ月後になって突然、目の前の道路に傲然と腕組みしてすわりこんでいる。

約一時間後、最初に立ち去ったジープがトラック二台をしたがえ、ふたたびあらわれた。こんどは、私たちの目前で車をとめた。

トラックの荷台からバラバラと降り立った二十数人の武装した米兵たちが、こちらへやってくる。一瞬、緊張した。米兵は銃を構え、にじりよる。

「手をあげてやろうや」

私は提案した。「屈辱」という言葉が、脳裏をかすめた。しかし、こちらは丸腰である。すでに投降する決断をしたのだ、ためらっても仕方がない。

全員が立ち上がった。強い抵抗感を味わいながら、両手を上げた。

「ＯＫ」

米兵はうなずいた。「ツー・ライン」と叫び、銃をふり、つきつける。

「二列に分かれて、歩けと言ってるんだ」

「いまさら歩けるか」

「疲れた、といってやるんだ」

言葉がなかなか通じないから、身振りで説明しなければならない。足をふり、疲れた表情を精いっぱいに表現して訴えた。米兵たちはあきらめ、三人ずつ分乗させられたトラック二台が走りだした。

いま、こうして米軍との戦いは終わったのだ。われわれは、銃をかまえた米兵にかこまれながら、引っ立てられて行く。

ジャングルがどんどん遠ざかっていった。タッポーチョ山の頂きが見える。二度にわたる戦車戦闘に敗れ、あの山頂から島を見わたした日、われわれの日本軍は崩壊した、という事実をつきつけられた思いがした。

運命の日

あの日の記憶が、鮮やかによみがえった。

米軍の艦砲射撃開始以来、ドンニイの洞窟に待機していたわが戦車第九連隊第三中隊に出撃命令が出たのは、昭和十九年六月十五日だった。

ドンニイは、サイパン島の最高峰、タッポーチョ山(四七三メートル)の東麓にある。命令は、翌十六日一七〇〇(午後五時)を期して島の西南部、オレアイ地区に進出している米軍を攻撃し、同地区にあるサイパン無線局へ突入せよ、というもので、攻撃は歩兵部隊と協同して実施、歩兵の同地区突入直前に戦車隊がつっこんで、米軍を混乱に陥れるという作戦計画であった。

その年の四月、戦車第九連隊は、満州北部の東寧からマリアナ諸島に転じ、主力はサイパン島に配置された。

米軍上陸直前の日本軍の配備は、次のとおりである。

〈陸軍　二万五四六九名〉

第三十一軍（小畑英良中将）

第四十三師団（斎藤義次中将）

第百十八連隊（伊藤豪大佐）

第百三十五連隊（鈴木英助大佐）

第百三十六連隊（小川雪松大佐）

戦車第九連隊（五島正大佐）

独立混成第四十七旅団（岡芳郎大佐）

独立山砲兵第三連隊（中島庸中佐）

独立工兵第七連隊（小金沢福次郎大佐）

その他

〈海軍　六一六〇名〉

中部太平洋方面艦隊（南雲忠一中将）

第六艦隊司令部（高木武雄中将）

第五根拠地隊（辻村武久少将）

第五十五警備隊（高島三治大佐）
横須賀第一特別陸戦隊（唐島辰男中佐）
陸海軍合計三万一六二九名

戦車第九連隊のうち、サイパン島には連隊本部および第三、第四、第五中隊と警備中隊が上陸し、残りの第一、第二中隊、警備中隊一個小隊はグアム島へ送りこまれた。

その編成は、つぎのとおりである。

戦車第九連隊　五島正大佐、副官・中村安登中尉
本部　指揮班長・熊谷稜太郎中尉（五月、グアム島第二中隊長として派遣される）
第一中隊　幸積三中尉（九五式軽戦車一七輛）
第二中隊　佐藤恒成大尉（九七式中戦車一一輛、軽戦車三輛）
右の二個中隊はグアム島へ配備
第三中隊　西館法夫中尉（装備戦車は第五中隊まで第二中隊とおなじ）
第四中隊　吉村成夫大尉
第五中隊、柴田勝文大尉
整備中隊　鳥飼守中尉（一部はグアム島に派遣）

サイパン島では、連隊本部をチャチャの小学校に置いていた。われわれの第三中隊はチャチャ、第四中隊はトトラム、第五中隊はドンニイに配置された。

戦車隊はヒナシス西方海岸、および南方海岸の水際戦闘にそなえ、一部はタナバクなど島の北部の戦闘に協力できるよう指示されていた。

また、島の南部のアスリート飛行場方面に、空挺部隊が降下したさいの戦闘にも、そなえることになっていた。

出撃命令をうけた十五日は、米軍がサイパン上陸作戦を開始した日である。この朝七時四十分、水平線を埋めた揚陸艦からLVT（上陸用装軌艇）七〇〇隻が発進し、島の西南海岸チャランカノアに怒濤のように殺到した。主力は、米海兵第二、第四師団である。これまでマキン、タラワ上陸作戦などで猛勇をうたわれた歴戦の部隊だった。

トトラムに配置されていた第四中隊は、いちはやく米軍の上陸開始とともにオレアイ付近に進出し、歩兵部隊と協同して米第二海兵師団を蹂躙《じゅうりん》した。しかし、沖合いにひしめいている米艦隊からの猛烈な艦砲射撃をあびて後退し、午後、ふたたび水際逆襲に出た。激烈な戦闘が展開され、日本軍は米軍の連隊指揮所まで突入し、戦車砲は米海兵隊の幕僚を乗せたLVTをとらえた。

米軍は水際から追い落とされる状態に陥ったが、すさまじい艦砲射撃の支援で、ふたたび態勢をたてなおした。第四中隊長・吉村成夫大尉らが壮烈な戦死を遂げ、第四中隊は全滅した、との知らせは、私たちにもとどいた。

この水際戦闘に敗れたため、十六日の総攻撃が策定され、出撃命令となったのである。第

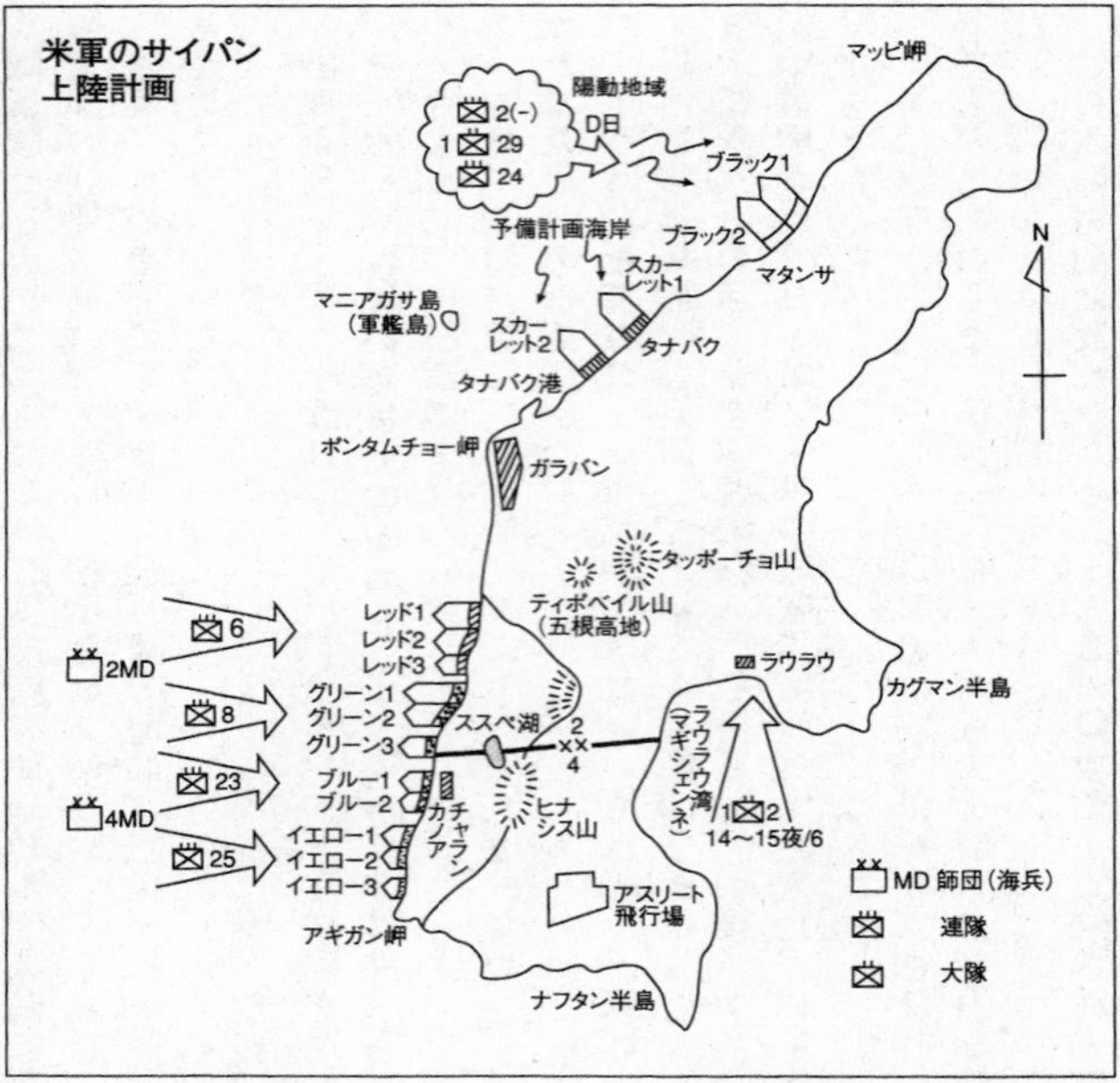

四中隊を失った戦車第九連隊にとってはとむらい合戦でもある。第九連隊の具体的な作戦行動は、タッポーチョ山の西斜面にある南興神社ちかくの沢に集結、歩兵五〇〇人と一緒に〝逆落とし〟のようにオレアイ米軍陣地になだれ込む手はずであった。

じつは、この作戦について第九連隊の五島連隊長は反対だったという。

防衛庁戦史室編集の戦史では、この日のサイパン守備隊の逆襲について、五島大佐と第四十三師団参謀長の鈴木卓爾大佐の意見が分かれた、とある。

鈴木参謀長は戦車が歩兵に

随伴して同時に攻撃することを主張し、五島大佐は、戦車が独立して攻撃する意見だったという。第四十三師団は名古屋で歩兵三個連隊によって編成された練度のひくい留守師団である。一方、戦車第九連隊は満州の原野で猛訓練をかさねていた。関東軍の戦車隊は、戦車独自の攻撃に慣らされていた。歩兵との協同演習もかさねていたが、この場合には、訓練を積んだ機動歩兵でなければ連携プレーは困難である。その意味では、サイパン島の守備隊で歩戦協同演習の経験もなかった、第四十三師団と戦車第九連隊が、おなじ島で運命をともにすることになり、はじめて顔を合わせてから、また二ヵ月しかたっていないのだ。

この総攻撃は、時間のずれによって結局、戦車部隊の夜襲となったが、関東軍の戦車隊は薄暮攻撃と黎明《れいめい》攻撃を中心としていた。歩兵部隊のように寝込みを襲って斬り込む思想は持っていなかった。

著者が所属していた戦車第九連隊・第三中隊長西館法夫中尉。

戦車連隊だけについてみても、サイパン島の地理をまだ充分には把握していなかった。夜間、こうした条件下では効果があがらない、と連隊長は判断したのではなかろうか。

総攻撃の命令が下達された十五日夜、第三中隊長の西館法夫中尉は、中隊全員を集めた。

戦闘のさい、中隊長の目印となる肩からかけた白い二本の襷《たすき》が印象的であった。ふだんの温和な表情が、緊張感をにじませ、悲壮にも見えた。冷酒をくみかわしたあと、最後の訓示があった。

「満州以来、お前たちの生命を、今日まで預かってきたが、今日かぎり、それぞれに返す」

と中隊長は言う。

われわれは、対ソ戦を想定し、関東軍の精強として鍛えに鍛えぬかれていた。中隊長の訓示は米軍との決戦をひかえ、満州時代の訓練の成果を示せ、との意味にも受けとれた。しかし、本当はちがうのだ。中隊長は、師団参謀長と五島連隊長の戦車戦闘についての意見の対立を知っていた。連隊長の心理を敏感に反映した訓示だったのだ。不利な戦闘であるが命令である以上、夜襲を決行して、戦車隊として可能なかぎり戦えばよい。無駄な死は避けよ、との意味をこめ「今日かぎり生命を返す」と表現したのだ。で、なければ「私に生命をくれ。一緒に死ぬまで戦おう」と呼びかけたはずだ。

最後の訓示には、師団幹部に対する精いっぱいの抵抗の意志がこめられていたのだ、と私は思う。

夜、第三中隊は集結地の南興神社をめざして、チャチャを出発した。

中隊の指揮班に所属していた私は、九五式軽戦車に乗っていた。指揮班は三輌の軽戦車で編成され、中隊本部と各小隊との連絡にあたる。私の戦車は、中隊長車の側車として行動することになっていた。

私の戦車の車長は、支那事変にも従軍した経験をもつ中尾重一曹長であった。操縦は、少年戦車兵三期生の浅沼保男兵長である。私は通信手と前方銃手を兼ねていた。

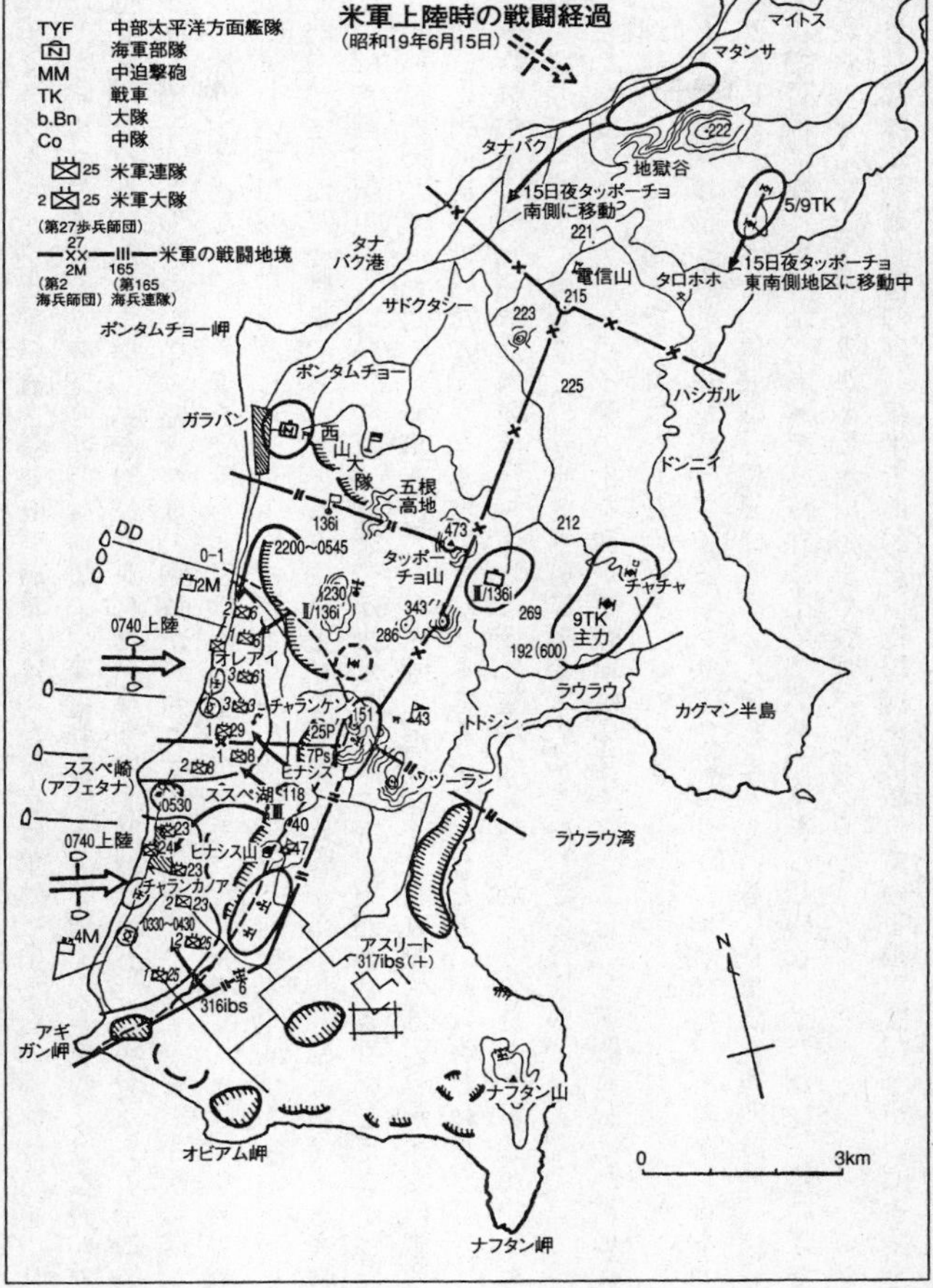
米軍上陸時の戦闘経過
（昭和19年6月15日）
TYF 中部太平洋方面艦隊
海軍部隊
MM 中迫撃砲
TK 戦車
b.Bn 大隊
Co 中隊
25 米軍連隊
2 25 米軍大隊
（第27歩兵師団）
27 XX 2M III 165 米軍の戦闘地境
（第2 海兵師団）（第165 海兵連隊）
マイトス
マタンサ
222
タナパク
地獄谷
15日夜タッポーチョ南側に移動
5/9TK
15日夜タッポーチョ東南側地区に移動中
タナパク港
221
電信山
タロホホ
215
サドクタシー
223
ポンタムチョー岬
ポンタムチョー
225
ハシガル
ガラパン
西山大隊
ドンニイ
五根高地
136i
DD
2200〜0545
473
212
0-1
タッポーチョ山
2M
II/136i
チャチャ
230
II/136i
343
269
0740上陸
286
9TK 主力
192（600）
オレアイ
ラウラウ
チャランケン
151
43
トトシン
カグマン半島
25P
7Ps
ヒナシス
ススペ崎（アフェタナ）
ススペ湖
118
ツーラン
0530
40
ラウラウ湾
0740上陸
ヒナシス山
47
チャランカノア
0330〜0430
4M
アスリート
317ibs（＋）
316ibs
N
アギガン岬
ナフタン山
オビアム岬
0 3km
ナフタン岬

カタカタとキャタピラの音を響かせ、戦車は進んだ。私は車外に出て白いハンカチをふりながら戦車を誘導した。夜空を照明弾が染め、至近弾は絹のシーツを引き裂くような鋭い悲鳴をあげながら、たえまなく私をおびやかした。マリアナ海域には五〇〇隻をこえる米艦船がひしめき、この小さな島に厖大な量の鋼鉄が撃ちこまれていた。

突然、すさまじいショックを受けた。シーンと静まりかえっている。私はそのまま気を失った。夜明け、ヒンヤリした冷気に気づいて周囲を見まわした。前夜の記憶がよみがえった。

誘導していた私と戦車のちょうど真ん中にとびこむ形で砲弾が落下し、私は数メートル吹っとばされ、気を失っていたのだ。炸裂音がまだ耳に残って、周囲の物音も聞こえなかったらしい。あわててはね起き、戦車を追った。中隊に追いつくと戦友たちは、私がすでに戦死した、と思い込んでいたので、「本当に足は二本あるか?」などと、からかわれた。

十六日午前、第九連隊は南興神社ちかくの沢に集結を終わった。この日も米軍機が空から舞い降りて、執拗《しつよう》に爆撃をくりかえし、艦砲射撃の砲声もやむことはなかった。

私たちは、バナナやパパイヤの木を切って戦車に偽装をほどこし、米軍機を避けた。歩兵が到着するまで、待たなければならない。

しきりに米軍機が私の戦車を狙ってくる。さかんに銃弾がかすめるのだ。天蓋から首をのぞかせると、せっかくの偽装は、爆風で吹っとんでしまっている。戦車は丸裸同然で、格好の攻撃目標になっていた。あわてて車外に出て、偽装作業をはじめる。ふたたび、狙い撃ちされる。そんなことのくりかえしが、夜までつづいた。

歩兵部隊が到着したのは、夜半であった。無線機を搭載している戦車は、たがいに連絡をとりながら集結を完了した。しかし、歩兵部隊とは有線連絡しかなかったため、連日の砲爆撃で通信網はズタズタに切れており、連絡ができず歩兵部隊の到着をさまたげた。

日没四〇分前の午後五時に予定されていた攻撃開始は約一〇時間延期された。この遅れが、はかり知れない傷を残すことになったのである。

戦後、米軍は、この遅れを謎としている。米軍側は、上陸第一夜、バズーカ砲を充分、陸揚げできなかったが、十六日には、そのピッチをあげた。そして、日本の戦車隊が突入した時には、各大隊に配置されていたバズーカ砲がいっせいに火を噴いた。海兵隊の陣地構築も進み、攻撃線は南興神社から約一五〇メートル地点まで進出していた。

十七日午前二時三十分、第九連隊の戦車三〇輌が、いっせいにエンジンを始動した。私は、はじめての戦闘体験に、気持がたかぶっていた。

稜線をこえて、海岸線を見おろした時、私は息をのんだ。無数の星弾と曳光弾が夜空をあざやかな色にかえていた。まるで白昼のようだった。戦車のキャタピラの音を待ちうけるように、米軍の銃火が赤く走った。

戦車隊は、地形上、二列縦隊のかたちをとらざるを得なかった。通常、戦車隊は横隊配置なのだが、ここでも不利な戦法をとらされてしまったのだ。

戦車は稜線をなだれ落ちるように敵陣に突入した。しかも戦車の上に歩兵を乗せて、

「空に向かって撃てっ！」

中尾曹長が怒鳴る。

縦隊なので前方に発射すれば、友軍の戦車を傷つける。威嚇のために、ともかく空に向か

って撃て、というわけである。私は機関銃の銃口を上に向けて引鉄《ひきがね》をひきつづけた。中尾曹長も、おなじように主砲の装塡に追われている。

敵陣に突入するまでに、車上の歩兵隊員が、ほとんど戦死していた。

乱戦状態で戦車隊の指揮系統は完全に麻痺した。不慣れな縦隊突撃で支離滅裂となった。縦隊の前部は、どんどん突っ走り、敵味方入り乱れての壮絶な戦闘であった。私はただ機銃の引鉄を無意識に引きつづけていた。照明弾に疾走する戦車が浮かび、バズーカの餌食になった。

米軍のM4戦車も姿を見せた。対戦車戦闘で精強の第九連隊は、技術的には米軍をしのいだ。戦車砲は正確にM4をとらえた。しかし、装甲が違った。日本の九七式中戦車は二五ミリ、M4は八九ミリである。命中弾はボールのように、むなしくはね返るだけであった。第九連隊の戦車はあいついで擱座し、煙をあげ、炎に包まれた。そして歩兵たちも、つぎつぎに倒れていった。

指揮班の私たちは、当初、中隊長車のそばをはなれず戦車を走らせていた。中隊長車が被弾すれば、西館中尉は私の戦車に乗り移って中隊の指揮をとることになっていたが、そんな手順も無意味であった。

中隊長車は擱座した瞬間、真っ赤な炎に包まれ、一人も脱出できなかったのだ。全員即死の状態で被弾したのにちがいない。西館中尉（陸士五五期）は二十二歳、渋谷徳治曹長は二十五歳、石飛勘左衛門曹長は二十三歳、神山俊一軍曹（少年戦車兵一期生）二十歳、富岡和雄兵長（少年戦車兵三期生）十八歳であった。

私たちの戦車も、衝撃を受けると同時にエンジンが停止した。

「しまった！」

操縦席の浅沼兵長が大声をあげた。キャタピラをやられてしまったのだ。直撃弾を受けたキャタピラは、ひきちぎられたように車体からはずれ、転輪がガラガラとからまわりしていた。

「車外に出る」

中尾曹長は、戦車からの脱出を決断した。私は機関銃を手ばやくとりはずし、浅沼兵長に手わたして、まず戦車から飛び降りた。私が機関銃を受け取ると、残りの二人もつづいた。ちょうど目の前に窪地があった。とっさに三人はとびこんだ。

激しい戦闘が、なおもつづいていた。数十メートル先を、まだ疾走している戦車もいた。擱座した戦車は、さらに米軍のバズーカの標的になっていた。

天蓋をはねあげて戦車から脱出した川上猛雄曹長は、日本刀をふりかざして単身、敵陣に斬り込んでいった。川上曹長とは満州時代から親しかったのだが……。

戦闘を傍観する立場に、私はいたたまれなかった。何度か、機関銃をかかえて窪地をとび出そうとしたが、中尾曹長に強く制止された。

「死に急ぐな、戦闘はこれからだ。この場は俺にまかせろっ！」

約二時間、私らは凝視しつづけた。

夜が白みはじめ、砲声も静かになってきたころには、勝敗は明らかとなっていた。破壊された二九輌の戦車が無残な姿をさらしていた。

中尾曹長は、中隊本部への引き揚げを指示した。チャチャの中隊本部をめざし、山肌をはって後退をはじめた。途中、仁科信綱軍曹の戦車がただ一輌、私たちを追いこして撤退して行った。稜線をこえた地点で、仁科曹長は戦車をとめていた。「友軍は全滅した」と、彼は大声で告げた。

輝ける戦車第九連隊は、ついに潰滅したのである。

たしかに戦車の一部隊は、米軍の第一線を突破し、米軍の指揮所、砲兵陣地近くまで肉薄した。しかし、それが限度であった。

斎藤師団長は、大本営につぎのように打電した。

「第四十三師団は、重点をオレアイ以南地区に指向して攻撃を実施、主攻撃正面の兵力、歩兵約二個大隊、戦車一個連隊、歩兵第百三十六連隊第一大隊は、オレアイ北方より南面して攻撃せるも、ついに不成功に終わる」

また戦車用法について、五島大佐と意見を分けた鈴木参謀長は「敵は昼夜を分かたず猛烈な艦砲射撃を実施して、わが陣地を焦土化するとともに、夜間は大型照明弾により、広範囲にわたり白昼化し、かつ局地に対しては赤色照明弾で目標指示を実施するもので、普通の方法では夜襲部隊の行動は至難である」と、攻撃失敗の原因について報告している。

米海兵隊の戦史は、この総攻撃をつぎのように説明している。

〈日本軍の攻撃は午前六時（十七日）までつづいた。朝日の中に二四輌から三一輌にのぼる戦車がくすぶったり、燃えたりしているのが望見された。この戦車攻撃は、太平洋作戦で米海兵隊が受けた最初の大きな戦車攻撃であった〉

そして、日本軍の攻撃が失敗した原因について、㈠夜襲は日本軍の慣用戦法であり、奇襲性がない。戦車もすぐに発見できた。㈡日本軍の攻撃計画、訓練は充分でなく、指揮統制もとれていなかった。㈢艦砲による照明、海兵隊のバズーカなどが大きな効果をあげた、などをあげている。

しかし、二日間にわたる日本軍の強靭な抵抗は、米軍の作戦計画を大きく狂わせた。ひとつは、予備軍として海上に待機させていた陸軍第二十七師団を急遽、投入せざるを得なくさせ、これで海兵第二、第四師団と合わせて計三個師団を引っぱり出したことである。もうひとつは、サイパン上陸三日後に予定していたグアム島上陸作戦を、一ヵ月延期させたことである。

米軍トラックが急ブレーキをかけて、私は回想から現実に引きもどされた。あの昭和十九年六月十七日朝のキャタピラの音をふたたび聞くことはあるまい。記憶は遠ざかった。

投降した私たち六人を乗せたトラックは、飛行場に入った。車外に降り立った全員は身をかたくしていた。丸腰のまま、抵抗のすべもなく敵地に放り出されたのだ。

米兵は、われわれをかまぼこ兵舎へとつれて行くと、しばらく待て、という。だれもが、しゃべらなかった。身じろぎもせず、茫然と立っていた。いよいよ殺されるのか……。

ドアの開く音がした。目をやると、意外にも日本人がひとり、部屋に入ってきた。背丈も顔つきも日本人だ。しかも、にこやかな笑顔で、

「ながい間、ご苦労さんでした。残念ながら、われわれの祖国ニッポンは敗れました」

流暢な日本語で、そう話しかけ近づいた。二世の軍曹であった。

その言葉が、私たちを安堵させた。いままでの苦しい闘いが、多少でも酬われた、という感じを抱かせた。彼に強い親近感をおぼえた。

彼は、この部隊の隊長がやってくる、と告げた。まもなく、恰幅のいい米軍人が姿を見せ、しゃべりだした。

「隊長は非常に感心している。あなたたちこそ、真の日本人である、と賞讃しています」

と、二世軍曹はいう。

ふたたび感動した。敵ながら、われわれが力のかぎりねばり抜いたことを理解している。

全員が顔を見合わせ、ニッコリした。

「あなたたちが、いまいちばん希望しているのはなにか、遠慮なく申し出てほしい、と隊長が話している」と、二世軍曹はつづけた。

「白い飯を、腹いっぱい食いたい」

全員が思わず叫んだ。

「あ、そりゃそうでしょうね。しばらく待ってください」

軍曹は、まるで自分に手落ちがあったかのように答えながら、さっそく食事を用意させた。

やがて、ホカホカのご飯が目の前に出された。ハムやベーコンがたっぷりと添えてあった。

私らは、むさぼり食った。何年ぶりになるだろうか、戦車のなかで、洞窟で、話題の大部分は、いつも食物のことであった。夢にまで見た白い飯……。

その満足感が、三〇年たったいまも、舌に感覚として残っているようにさえ思われる。

食後、尋問がはじまった。
「まだ希望していることはないのか？」と、まずいう。
私は、みなを代表して、決然として答えた。

著者は米軍の掃蕩作戦下、15ヵ月のジャングル生活を続け捕虜となった。写真はチャランカノアに設置された日本兵収容所。

「もう、これで思い残すことはない。ただ、できるならば、全員が内地の家族に手紙を出したい。私たちは捕虜になることなく、抵抗をつづけた。終戦を知って、米軍に投降した。最後まで頑張りつづけた事実を、家族たちに知らせてやりたい。しかるのち、いつ銃殺になっても思い残すことはない」

二世軍曹は、最初、けげんな表情をみせた。あっけにとられているようでもあった。そして、大声で笑いだした。通訳を聞いた隊長も、けたたましく笑い出した。

「君たちは、まだそのようなことを考えているのか。それはあり得ない。収容所に行ってごらんなさい。君たちの戦友が大勢いるよ」と、軍曹は私たちに説明した。

こんどは、私たちが唖然とした。たしかに、生への期待はあった。しかし、銃殺も覚悟していた。それが生命への安全を保証され、しかも、戦友が大勢いるという。

隊長は、武器の提出を要請した。

私たちは洞窟での打ち合わせどおり、全員が武器を携帯していなかった、と主張した。

「米兵をいつごろ、何人殺害したか？」とも追及された。

「武器を携帯していないため、そのような経験はない」と、全員が答えた。

さっきの高笑いを忘れたように、執拗な追及がつづいた。

一五ヵ月間もジャングル生活をつづけていたというのに、武器を持たずに行動していたとは信じられない、と隊長はいう。

武器さがしのため、私は数人の米兵に付き添われ、ジャングルの洞窟近くまでつれて行かれた。さんざん迷うふりをしたあと、「夜間しか行動しなかったので、真昼に洞窟を発見することはできないのだ」と私は主張した。米兵たちは結局、あきらめた。

約二時間後、六人はふたたびトラックに乗せられ、収容所へ運ばれた。収容所は私たちがひそんでいた洞窟から、直線距離でわずか一キロほどの地点だった。手のとどくような距離に自由な世界がありながら、私たちはひたすら洞窟にひそんでいたわけである。トラックがゲイトをくぐると、戦友たちが群がりよってきた。驚いたことにまだ大勢の兵隊が生き残っていたのだ。後で知ったのだが、この収容所には一二〇〇人の日本兵が収容されていた。

ジャングルで着ていた服を脱がされ、ＤＤＴをふりかけられた。プレスのきいた米軍の戦闘服には、一連番号が張りつけてあった。出征いらい身につけていた成田不動尊のお守りも、没収されてしまった。何度か、お守りに幸運を感じたこともあったのだが……。

戦車隊の、懐かしい戦友たちの姿があった。満州から行動をともにしてきた伊豆丸光男氏がたずねてきた。終戦後の八月末にジャングル生活に終止符を打ち、カグマンから米軍に投降したという。私たちより約二週間はやかった。伊豆丸氏は、第三中隊の生存者の名をあげた。甲斐久徳、田中貞、大田満治らがこの収容所にいるという。終戦後、米軍の呼びかけでいずれもジャングルを出ていたのだった。

収容所の最初の夜を迎えた。一年半ぶりに生命の安全を保証された夜であった。複雑な思いにかられて寝つけなかった。

死の島の守備隊

わずか一五ヵ月、と人はいうかも知れない。しかし生と死の間をさまよった私にとって、それは長く苦しい時間の集積であった。いや、時間をこえた世界、といった方が適切だ。

サイパンというこの島が、私の運命をかえた。いまも、私をとらえて離さないのだ。

サイパン、横浜から真南へ二二五〇キロの位置にある。島は北北東から南南西に長く延びる。南北約二〇キロ、東西二・四キロ〜一〇キロ、面積約一八五平方キロメートル。小豆島をわずかに上まわる程度のちっぽけな島である。

一九一九年（大正八年）、日本が第一次大戦の戦勝国となった結果、サイパン島をふくむドイツ領であったマリアナ諸島は、グアム島を除いて、日本の委任統治領となった。

珊瑚礁にかこまれた島の西海岸に、最大の町ガラパンがある。東海岸は、ほとんどが切り立った断崖がつらなっている。島の中央部にあるタッポーチョ山の山頂から、島のほぼ全域が望める。タッポーチョ山を中心にして、山麓から南がゆるやかに開け、北は起伏の多い丘が海岸近くまで迫っている。

四季の区別はない。気温は平均最高三一度（六月）、最低二四度（三月）である。

戦前から南洋庁、南洋興発会社職員とその家族らが住み、米軍進攻前には約二万人の邦人がいたと推定されている（このほか原住民のチャモロ族約二〇〇〇人が居住）。

関東軍の戦車隊として猛訓練をかさねていた戦車第九連隊が満州から一転してマリアナ諸島へ派遣されてきたのは、昭和十九年四月であった。

昭和十八年二月、日本軍のガダルカナル撤退を契機として、連合軍の反攻がはじまっていた。十一月、ギルバート諸島マキン、タラワに進出した米軍は、十九年に入るとマーシャル諸島のルオット、クェゼリン両島を陥した。

ジリジリと迫ってくる連合軍を食いとめるために、前年九月には「絶対国防圏」が決められていた。蘭印―豪北―比島―内南洋―千島列島を結ぶ線からは、敵を一歩も踏み入れさせてはならない、という考え方であった。

絶対国防圏は、十八年九月二十五日の大本営政府連絡会議で「帝国戦争目的達成に絶対確保を要する圏域」として提議されている。その要旨はつぎのようなものだった。

一、帝国戦争目的達成上、絶対確保を要する圏域、概ね次の如く概定せり。

千島、小笠原、内南洋（中、西部）及西部ニュー・ギニヤ、スンダ、ビルマを含む圏域。

二、説明要旨

㈠、選定の根拠

内線屈敵の自由を保持しつつ、左記政戦略上の要請を充足すべき最小限度の要域とす。

(1)、本土及大東亜圏重要資源地域（米英対抗戦力の造出並びに国民生活最低限度維持に必要なるもの）に対する侵襲阻止。

(2)、国内海空陸輸送の安全確保。

(3)、大東亜圏内重要諸民族の政略的把握。

本国防圏縮小は作戦遂行及国力培養上彼此関連して欠陥を深刻化し、長期戦遂行を不可能ならしむる虞《おそれ》大なり。

㈡、確保の程度

右圏内に於て、敵の大拠点を占得せしめず、かつ圏内重要地点（政治産業等の致命的中枢部）に対する敵の空襲を防止し、その被害を少なからしむ。

㈢、確保上の着眼

(1)、敵の大反攻を封止し、かつ之を撃摧すると共に、機を失せず反撃、積極作戦に出るため適当なる地の利を活用す（航空作戦及補給の見地を主眼とし、作戦遂行の根拠たらしむ）。

(2)、敵の航空威力圏を本国防圏内に侵入せしめざるため、圏外の外郭に所要の前衛拠点を設くるものとす。

(3)、圏内作戦交通を確保す。

右のうち、内南洋にサイパンは含まれる。日本は昭和十八年秋に、この「絶対国防圏」を決めて、敵から一歩間合をとって固めようとして、カロリン、マーシャル諸島などに陸軍部隊をつぎこんだのだが、昭和十八年末のマキン、タラワなどの失陥以後、米軍の進攻速度は俄然はやまり、昭和十九年二月、帝国陸軍の根拠地トラックが崩壊するにおよんで、この絶対国防圏の構想は、もろくもくずれた。

これで、サイパン、テニアンなどが日本の表玄関の要点としてクローズ・アップされてきた。大急ぎで、この方面の戦備が進められた。しかもサイパン島には、トラック地区、小笠原地区（硫黄島を含む）、パラオ地区などを統轄する陸軍の第三十一軍司令部と、海軍の中部太平洋方面艦隊司令部が置かれたのである。まさに、太平洋の要石《かなめいし》であった。

一方、進攻する連合軍、とくに米軍にとってもまた、マリアナ諸島は、重要であった。当時、米軍内には二つの集団があった。第一はマッカーサー元帥の指揮する米豪連合軍である。とくに「アイ・シャル・リターン（必ず戻ってくる）」の一語を残してフィリピンをいったん追われたマッカーサーにとっては、心理的にもまずフィリピンを手中にしたのち、日本に迫ろうとしている。

もうひとつは、海軍、とくに機動部隊の活躍、制空権の拡大によって戦闘地域を可及的速やかに日本本土に近づける戦略である。地理的には、蛙とび作戦といえる。

制空権さえ奪えば、完全制圧を必要としない。ラバウルを孤立化させたまま残し、マキン、タラワの次は、トラック諸島をとばしてサイパンをねらう。危険はともなうが能率的であり、海軍的である。強大な航空母艦群と、圧倒的な兵力輸送船腹を持つことによって、はじめて可能な戦略でもある。反攻の次の標的として、マリアナが選ばれるのは、時間の問題であった。

加えて、昭和十九年四月という時点でみると、「超空の要塞」といわれたB29重爆撃機の大量使用が可能となるのが、目に見えている。この基地としてどうしてもサイパン付近が必要である。一〇トンの爆弾を積載し、四〇〇〇キロ以上の行動半径を持つ。先に書いたように横浜―サイパン間は二二五〇キロである。つまり、サイパン島を飛び立ったB29は、日本本土を爆撃したうえ、ふたたび帰投することができるのだ。

かくして、攻勢の矛先は、マリアナに指向され、第一次の攻撃目標として、サイパン島が選ばれた。運命の島となったのである。

小畑中将の統率する第三十一軍は、昭和十九年五月末までに、その一〇万の兵力を内南洋六つの島に展開させた。サイパン、グアム、テニアン、パラオ、ペリリュー、硫黄島である。とり残されているトラックなども、その指揮下におかれた。連合軍の動静からみて決して早い配置ではない。

それはともあれ、満州北部の東寧にあった戦車第九連隊は、極寒の地から熱帯へと出発した。補給事情の悪化が予想されたので、各戦車ごとに砲弾一万発、燃料一万リットルを用意した。一年間は無補給でも戦える量である。

釜山でわれわれを乗せた輸送船加古川丸は、まず船首を横須賀に向けた。対馬海峡に入ったとたん、いきなり潜水艦警報が出た。

一瞬、耳を疑った。関東軍は対ソ戦を想定し、厳しい訓練に明け暮れていた。しかし、あくまでも訓練であった。まのあたりに敵の気配を体験したことはない。そしてなによりも、日本の領域である対馬海峡に敵が出現することに驚いたのである。戦局がそれほど重大化していることを知って、私は戦慄した。

横須賀で過酷な荷役作業がつづいた。無防備状態のサイパンを要塞化するために、武器、弾薬、築城資材を積み込まねばならなかった。捕虜の豪州兵たちも、作業を手伝った。彼らはわれわれに煙草をねだった。しかし、彼らは傲然といい放ったものだ。

「日本軍は必ず敗ける日がくる。味方がわれわれを迎えにやってくるはずだ」

私たちは高笑いでこたえた。彼らが虚勢を張っていると受けとめ、むしろ哀れに感じたのである。二年後、立場は逆転した。われわれは、あまりになにも知らされていなかった。

四月一日、東京湾を出た。船団は加古川丸、マカッサル丸など陸海軍の輸送船二六隻で編成されていた。戦車第九連隊、独立工兵第七連隊、船舶工兵第十六連隊などが乗船していた。この日に日本をはなれた戦車第九連隊の隊員は、七六四人であった。そのうち祖国の土を再び踏めたのは、二一人のみである。九七パーセントの人間は南の孤島からふたたび帰ることができなかった。

一三隻の海軍艦艇に掩護された船団は一路、南下した。サイパンまでの八日間、敵潜水艦との戦いとなった。連日、ひっきりなしに潜水艦警報に追われ、戦闘配置についた。ほかの輸送船は前部と後部に高射砲を備えていたが、新造船の加古川丸は防備ゼロであった。そのため両舷に戦車を三輌ずつならべ、戦車砲を利用して警戒にあたった。

潜水艦は、執拗に襲いかかった。しかも、潜望鏡が肉眼でとらえる位置まで平然と接近してきた。発射された魚雷が、加古川丸の周囲に何度も白い航跡をつくった。サイパンに到着するまで、その白い航跡は一四本をかぞえた。幸運が、加古川丸を救った。

船団の被害は糧食、弾薬を満載していた輸送船一隻が雷撃をうけて沈没しただけにとどまった。

その後、五月に出発した輸送船団は、敵潜水艦によって大きな損害を出した。

この船団は、われわれより約二ヵ月後の五月三十日、館山沖を出た。陸海軍の輸送船七隻で編成されていたが、途中、五隻が沈められ、陸軍部隊は大部分の装備を失った。生存者は海軍の護衛艦艇と残りの輸送船に救助され、六月七日にかろうじてサイパンへたどり着いた。

第四十三師団(名古屋)の歩兵第百十八連隊(静岡で編成)は、連隊長・伊藤豪大佐はじめ二二四〇人を失い、生存者約一〇〇〇人のうち半数が負傷していた。サイパンで全滅する第四十三師団は、その兵力の三分の一を、戦わずして失ったのである。まさに、悲劇の師団の門出であった。

独立臼砲第十四大隊は、小銃二五を残しただけで、兵器は全部、海没。同第十七大隊は将校以下五〇人と全兵器を失った。第二十三野戦飛行場設定隊は、戦死二〇〇人、戦傷一〇〇人、全兵器、器材を喪失……。

ほとんど同じころ、逆にマリアナ諸島からは、邦人のうち婦女子と六十歳以上の老人を内地へ送還することになった。三月下旬、帰国第一船のアメリカ丸が、集結地のサイパンから出港した。しかし、硫黄島沖で米潜水艦に襲われ、ほとんど全員が行方不明になった。

さらに六月上旬には、千代田丸、白山丸が魚雷をうけて沈没。民間人は帰るすべを失った。

そのため、米軍上陸後に悲惨な結末を迎える。

私たちの船団は、サイパンの西岸、タナバク湾から島に近づいた。朝靄《もや》のなかに、すばらしい景観が浮かんだ。珊瑚礁の青い海、その向こうに、緑の熱帯樹におおわれたなだらかな島が横たわっていた。

昼夜、潜水艦の攻撃に脅え、戦闘をまぢかに感じて緊張していたのだが、到着した瞬間に船内には解放感があふれた。二ヵ月後に、米軍が上陸してくるとは想像もできなかった。

感傷に浸る間もなく、戦車の揚陸作戦をはじめた。なかなか、はかどらない。重量九トンの軽戦車は、デリックが難なくさばいた。一五・三トンの九七式中戦車は、デリックの運搬能力（一五トン）をしのぐ。ビームがひんまがった。戦車の内部をできるだけ軽くしなければ、とうてい無理だ。

作業の途中に、B24爆撃機が来襲した。高射砲のとどかない約一万メートルの上空からバラバラと爆弾を落とす。威嚇爆撃である。空間を突き抜けるような金属音にショックを感じた。到着したさいの安堵感は、一挙に吹っとんだ。日本列島からいちばん近距離にあるこの島に、なぜ米軍機が飛来してくるのか、理解できなかった。

B24は二月に占領したアドミラルティ諸島の基地から飛来していたようである。われわれは南の戦局を認識していなかったのだ。

なんとか揚陸作業を終わって、戦車をそれぞれ駐屯地に向けて走らせた。島民たちの歓迎ぶりは、狂喜ともいうべきだった。さきに上陸していた日本軍も、手を強くふって迎えてくれた。無防備状態に近かった島に関東軍の精鋭が到着したのだから、当然だろう。

パイン、椰子、バナナの樹木を縫って走る戦車のなかで、戦友たちと「すばらしい島にやってきた」と四囲を見まわし、喜びあった。

昭和19年６月、米軍機の空襲をうけるタナバクの日本軍飛行艇基地。マリアナ諸島の航空拠点には猛烈な攻撃が加えられた。

翌日から、戦車の掩蔽壕づくりがはじまった。米軍の爆撃にそなえるため、上陸部隊はただちに作業を開始することが防備計画で決められていた。

十字鍬や円匙をふるって、戦車第九連隊第三中隊の基地と定められたチャチャの裏山に毎日、穴をあけた。つらい作業であった。長い間、マイナス三〇度のなかで生活してきたのに、一転してプラス三〇度の世界である。冷蔵庫から真っ赤な太陽のもとに放り出されたようなものだ。石灰質の山肌に振りおろす十字鍬は食い込まず、はね返ることもたびたびだった。強兵の代名詞として自負していた関東軍の精鋭も疲れ切った。しかし、作業は連日連夜で、交替でつづけられた。

この作業は、決して無駄ではなかったことが、米軍上陸時に立証された。洞窟は、すさまじい艦砲射撃に耐え、格好の戦車の隠蔽場所となった。

二ヵ月後、ようやく洞窟工事が完成した。六月上旬、サイパン守備隊の最高指揮官である第四十三師団長・斎藤義次中将が第九連隊を査閲した。

各中隊から精鋭を選び、射撃演習が行なわれた。海岸線で模型戦車を引っ張り、各車から戦車砲をつぎつぎ撃ちこんだ。あまりにも正確な射撃ぶりに師団長は感激し、二日間の賞賜休暇を言いわたした。サイパン上陸以来、はじめての休暇に連隊はわいた。

六月十四日、初外出が許されるはずであった。隊員たちは浮かれていたが、早朝、異様なラッパの音に驚いた。満州では経験しなかったラッパであった。空襲警報だった。しかし、まだ「第三戦備」であった。守備隊は三段階に分けた、つぎのような体制を決めていた。

第一戦備

敵の来攻を予知したる場合にして守兵を陣地に就かしめ戦備を完整するものとす。

第二戦備

敵襲の虞《おそれ》ある場合にして警備を厳にし守兵は随時陣地に就き得るの準備を整え防空部隊は戦備を完整するものとす。

第三戦備

情況比較的切迫せざる場合にして防空部隊は所要の待機姿勢に在りて爾他の諸隊は一部警戒の部署をとるものとす。

しかし、空襲だけではなかった。やがて、猛烈な艦砲射撃が全島をゆるがした。米軍の来襲時間は予想よりはるかにはやかった。外出はただちに取り消された。

かくして、悪夢のような、サイパンの戦闘が、この日からはじまった。

キャタピラの音

悪夢のような長い戦いのすえ、収容所の生活がはじまったのだ。それは得難い体験であった。

収容所では、階級制度をいっさい認めなかった。日本陸軍は解体された。組織が崩壊した以上、階級が存在しないのは、理の当然である。

もっとも、私たちはジャングルの生活のなかで、階級意識を忘れていた。食糧を協力しあって確保し、平等に分かちあわなければ生きのびることができなかった。そんな毎日が、厳然として存在していた階級をともすれば忘れさせたのである。

米軍の考え方は、もっとストレートだ。収容所の入所時期で区別した。私たち新兵は、ニュー・メンと呼ばれた。草刈り、道路清掃、物資の片づけなど、収容所における作業の割りふりは、位階を問わなかった。入所時期の早い者は仕事に手慣れ、精通していたので、リーダーを命じられた。ただ、米本土からやってきた新しい米軍の兵隊たちも、おなじように扱われていた。仕事に慣れていない新兵は、ベテランの監督をうけた。なぜ、負けた日本兵捕虜の指示に従うのか、新兵たちは不満の表情を見せた。しかし、容赦はなかった。その様子が私たちをなんとなく納得させた。仕事を進めるためにしごく単純に割り切っているのだ。

こうして、われわれの身にしみついてしまっていたはずの階級意識は、いっそう薄れた。

収容所の先輩捕虜たちは、肉体的に楽な作業場を確保しているようであった。私も、なんとか住み心地のよい作業場を選ぶ必要がある。

そのころ、米軍補給センターが作業員を募った。応募初日、全員が水兵たちにこきつかわれた。クタクタに疲れ、翌日も脱落者が大勢出た。だが私はあえて作業に通った。そのうち水兵たちは軟化し、一ヵ月もたつと、なごやかな雰囲気となり、住み心地のよい作業場となった。

わずかなきっかけから、オクラホマ出身のガイガーと友人になったのは、このころだ。当時、私はフォーク・リフトの運転手をつとめていた。補給センターに集まるさまざまの物資を運搬して整理するのが仕事だ。

新兵のガイガーは、米軍の古参兵たちの態度に舌打ちし、不満をもらしながらフォーク・リフトを運転していた。フォーク・リフトにガソリンを補給するとき、私は仲間意識で彼の車にも補給してやった。感激して向こうから打ち解けてきた。

「まあ、待っていろ。彼らは、もうすぐ満期除隊になるはずだ。つぎは自分がボスだ。きっと楽をさせてやるぜ」という。

一ヵ月後、ガイガーの予想は、見事にあたった。古参兵たちは除隊したのだ。ガイガーは約束をはたしてくれた。私は彼の補佐役をつとめればよかった。補給センターには、煙草、食糧も、ビールもすべてが豊富にあった。サイパンの米海軍の物資集積所で暮らしているのだから、ジャングルの洞窟生活にくらべれば天と地の差があった。

一年後、収容所に帰国の噂がひろまった。そして昭和二十一年十月、これが現実になった。まず、負傷者と年配者約五〇〇人が帰国を許された。

このとき、ちょっとしたハプニングがあった。

帰国者は、名前を呼びあげられる。ところが、待ちに待った帰国者に選ばれているのに、何度、呼ばれても答えない者がいるのだ。

じつは、終戦前に捕虜になった人たちの一部は、恥ずかしさのために死んだ戦友の名前を申告していたらしい。収容所で日本人同士で生活している間に、ついそのような記憶は薄れがちになり、とっさに反応できないようだ。たまりかねた米兵は、番号を呼ぶ、あわてて、返事をする。そんな場面が何度かあった。

「帰りたくなかったら、俺が帰ってやるぞー」

からかう声があがり、ドッとわく。「虜囚の恥」の意識も、生命の安全を保証され、環境が一変すると、やはり薄れた。

翌十一月の第二陣は妻帯者、年齢順に約五〇〇人が選ばれ、あいついで帰国した。最後に残された私たちも、帰国する日がきた。以前から米軍は、クリスマス・プレゼントに帰国させる、とほのめかしていた。それは事実だった。

帰国のさい許可される携帯品一覧表が、やがて所内に掲示された。

この一覧表をめぐってふたたびハプニングが起こった。携帯品として支給されるものは、石鹸、タオル、各一個。着がえ、および米軍支給の軍服一着で、シーバッグに投げこめば四分の一ぐらいで納まってしまう。第一陣が帰国のさい、米軍物資を豊富に持ち帰ったため、「サイパンからの引き揚げ者は支給品が多過ぎる」と問題になり、制限したようだった。

われわれは、戦時中の実情から日本の物資不足が目に見えていた。できるだけ持ち帰りたかった。そこで私が収容所長と談判する役目を割り当てられた。

意外にも所長は「いくら支払うのか」という。

「五〇〇ドル出しましょう」

「ＯＫ」

所長は片目をつぶってニヤリとした。

こちらには、支払い能力は充分あった。手先の器用な者は一ドル銀貨をつぶして指輪をつくり売りつけた。ハンカチ一〇枚に絵を書いて一ドル……米兵相手のアルバイトが繁昌していた。

私も裕福だった。補給センターの倉庫番をやっていたので、ビールを一ケース出荷するさいに、伝票を二ケースとして書き込み、ビール一ケースの定価一ドル二〇セントを支払い、そのビールを収容所に持ち込めば一ケース五ドルで飛ぶように売れた。

翌朝、帰国者の携帯品検査が行なわれた。何列かの縦隊にならび、収容所長が前に立った。米兵たちが列の後部から袋をチェックしはじめた。多過ぎる携帯品がとがめられると、かわりにドル紙幣が差しだされた。米兵たちはドルを受け取るためにだけ、前へ進んだ。

前日、五〇〇ドルを受け取っている所長は、素知らぬ顔で空を仰いでいた。

収容所から二十数台のトラックをつらね、サイパン港へ向かった。兵舎の米兵たちが大声をあげ、しきりに手をふっていた。港では海軍の軍楽隊が「螢の光」のメロディーを流した。

胸が熱くなった。憎み合い、殺し合った者同士が別離の情を抱いた。

帰国船のタラップをかけあがると、私宛に大きな荷物が置かれていた。前夜、補給センターで親しかった米兵の一人が、「友情のしるしに、君の荷物を船に積んでおいてやる」と話していた。荷物が制限されていたので、あきらめていたのだが、約束が実行されていたのだ。荷を解いて煙草、石鹼、靴などを乗船者に分配した。私は、アメリカ人のおおらかさを強く感じた。

船は沖に出た。サイパンの島がはなれていった。米軍と死闘をくりかえした地獄谷、タッポーチョ山、その裾野にあるはずの洞窟……それらが遙かにかすんで行く。島のあらゆる場所で、逃れることのできない、ただ死へ向かってのドラマがくりひろげられた。そして、三万人をこえる戦友が、この島で果てたのだ。

帰国船の船長は、「君たちの希望どおり走らせる。船酔いが我慢できるなら四日間で帰れる」という。「フルスピードだ」と全員が声をあげた。

帰心をつめ込んだような船は一路、北上した。

三日後、祖国の山々が目の前にあった。船上では、だれも無言であった。涙が頰をつたい、それをぬぐおうともしなかった。

浦賀の収容所で、六年ぶりに内地の夜を迎えた。サイパンにも多少の事情は伝えられてはいたが、まのあたりに見る祖国の荒廃ぶりに言葉をのんだ。一変した価値観は、理解するのが困難であった。

翌日、帰郷列車に乗り込んだ。

第一章　鉄の勇者・その光と影

第一次大戦の教訓

戦争体験のある飛行機乗りにとって零戦、隼は、いまもなお、そのイメージが強く胸底に焼きついているにちがいない。戦車兵の場合は、九七式中戦車だ。当時の日本の主力戦車である。

戦車設計者たちにとっても、国産戦車の快心の作だったという。その形態は、現在の各国の戦車の原型にもなっている。三〇年後のサイパンで、さびついた鉄塊を発見したとき衝撃をうけたのは、戦車兵の体験者なら理解できるはずだ。

太平洋戦争における戦車といえば、誰しも緒戦のマレー作戦における電撃的な活躍を思い出す。コタバル上陸からジョホール・バルまで、約一一〇〇キロ（ほぼ東京～下関間）を、わずか五五日で突破した驚異的なスピードの秘密のひとつは、戦車の活躍であった。

山下奉文《ともゆき》大将の指揮する第二十五軍は、第五師団、近衛師団、第十八師団（一部）により編成されていた。このうち第五師団（広島）には、捜索連隊と称する特殊機械化部隊があった。これはもともと、第五師団に所属する騎兵連隊で、騎兵第五連隊といったが、太平洋戦争の開戦時点では、馬にかわって戦車、装甲車が配備され、完全に機械化されていた。太平洋戦開始三日後の昭和十六年十二月十一日、タイ・マレー国境に近い英軍の防衛線、ジットラ・ラインを突破して突進した佐伯挺進隊（連隊長・佐伯静夫中佐、五八一人）をみると、捜索連隊第三中隊（中戦車一〇輌）、同第四中隊（装甲車）、第二中隊の一小隊（トラック）、大隊本部の通信小隊（トラック）などから成っている。

機械化されたあとも、連隊の目的の第一は索敵であったが、マレー作戦ではしばしば攻撃の先頭にたち、戦車の持つ破壊力をいかんなく発揮した。しかも、後続する歩兵も自転車に乗って前進した「銀輪部隊」である。加えて幸いなことに、マレー半島が厚いジャングルと護謨《ゴム》林におおわれているにもかかわらず、イギリスの植民地だけあって道路は完全に舗装され、進撃を容易にした。これが驚異的なスピードの秘密だった。

この第五捜索連隊とは別に、第二十五軍には、軍直轄の戦車連隊があった。島田戦車隊の名で知られる部隊などは、これらの連隊に属する。島田戦車隊は、指揮官・島田豊作少佐、マレー半島中部の要衝、「スリムの夜戦」は有名である。

戦車の活躍がなかったら、マレー作戦はもっと時間がかかっただろう。この作戦は、奇襲につぐ奇襲が、相手の戦意の喪失とつながって、ことごとく成功した。オーストラリア第十二師団は強力な戦車連隊を持っていたが、充分これを活用することができなかった。日本軍は戦車、相手は歩兵という戦いである。つねに優位にたって作戦を展開することができた。

しかし、太平洋戦争全体を眺望すると、残念ながら、戦車のうえに栄光が輝きつづけていたとは言えない。悲惨の影を随所に落としている。

日本の戦車開発は、各国にくらべて著しく立ち遅れていた。世界で最初に戦車を開発したのはイギリスで、第一次大戦当時である。一九一五年、ウィンストン・チャーチルは、膠着状態になった戦況を打開する新兵器の必要を強く感じた。

「西部戦線は陣地戦となって膠着し、戦闘原則の革新を要するにいたった。陣地の縦深は深く、築城は堅固で、突撃は陣前で阻止され、対陣すでに数ヵ月におよぶも戦局は一歩も進展せず、いまや奇襲兵器を創案して戦局を一挙に打開するほかない」

アキス首相あてにこのような文書を送り、陸海軍、民間技術者を動員して戦車委員会をつくりあげた。そして、数十種類の試作品とたびかさなる実験をくりかえしたすえ、ついに戦車を誕生させたという。

道路以外でも自由に行動させる方法として無限軌道を採用したが、これはアメリカで実用化されていたキャタピラ式農業用牽引車がヒントになったという。

一九一六年九月十五日、ドイツ軍は突如、戦線に出現した鉄の怪物に驚愕した。マークIと名づけられた重戦車四九輛が、ドイツ陣地に地響きをたてて突入し、ドイツ兵三〇〇人を捕虜にした。

翌年十一月、カンブレーの戦闘では、正面一五キロの全線で一挙に戦車を展開させ、ドイツ陣地はたちまち一〇キロ奥まで蹂躙された。それまでは、砲兵による準備射撃のあと、戦車を使っていたが、いきなり戦車を突入させた奇襲戦法である。戦車による直接攻撃の戦果に、世界は目を見張った。

このマークIは、重量約三〇トン、装甲六ミリから一二ミリ、時速約六キロ、五七ミリ砲二門と機関銃二梃をそなえた雄《おす》型と、機関銃五梃だけの雌《めす》型の二種があった。大戦中にイギリスが建造したマークIは二六三六輌にのぼる。

対抗してドイツ軍も、ただちに戦車の製造をはじめ、カンブレーの戦闘の翌年、二〇輌を登場させた。A-7-V戦車と呼ばれ、重量三〇トン、五七ミリ砲一門と機関銃六梃を備えていた。装甲三〇ミリ、時速一〇キロ、乗員一八人、〝動くトーチカ〟とも言えそうな巨大な鉄塊だった。

各国も、きそって戦車をつくりはじめた。フランスでも同時期にシュナイダー戦車を開発し、戦線に参加させている。七五ミリ砲一門と機関銃二梃を備え、装甲板は最厚部で二四ミリ、乗員六人、時速七キロの性能だった。

その後、戦車は小型で機動性に富むものが必要であるとされ、一九一七年にはルノー社が〝ベビータンク〟と呼ばれるルノーFTを建造する。三七ミリ砲、または機関銃一を回転砲塔に備え、乗員二人、重量六・五トン、時速八キロの巧妙に設計された戦車で大活躍したという。

アメリカは立ち遅れ、試作しただけで、大戦に間に合わなかった。第二次大戦で〝デモクラシーの兵器庫〟を自認し、各国に兵器を貸与したアメリカも戦車開発の出足は遅かったのである。しかし、のちに開発されたクリスティー戦車は、ソ連がモデルを買い入れ、BT戦車からT34戦車まで一連のソ連戦車の基本タイプとなった。

さて、日本は第一次大戦に参戦した各国の戦備をまのあたりにして、ショックをうけた。日本の軍備は、まだ日露戦争型なのである。体質改善の必要があった。

大正八年（一九一九年）、陸軍技術本部の上申によって審議していた陸軍技術会議は、翌九年に兵器研究方針を報告した。技術本部は地上軍兵器の研究、設計を仕事としていた。

「軍用技術の趨勢にかんがみ、兵器の操縦、運搬の原動力は人力および獣力によるのほか、ひろく器械的原動力を採用することに着手」というもので、日本陸軍の機械化の発足であった。戦車誕生のきっかけでもある。獣力とは馬のことである。

基本方針は、つぎのように決められた。

「タンクは、まずフランス・ルノー型の小型タンクを研究せんとす」

またこのとき、軍用自動車についても方針が決められている。

「牽引自動車については、軍用自動車調査委員にて購買中の各種牽引自動車の到着をまって研究のうえ、わが国軍、東洋の地形に適当なものを研究決定せんとす」

この牽引自動車の研究と製作の経験が、国産戦車の誕生につながったという。

だが、時期は悪かった。当時、世界の大勢は軍縮の方向に進んでいた。大正十一年（一九二二年）のワシントン軍備制限会議では、日本に建艦の枠がはめられた。国内的にも大正十二年九月には関東大震災に見舞われ、世論は復興のために軍備の縮小を要求した。軍隊の体質改善どころではなかったのである。

大正十四年（一九二五年）五月、宇垣一成陸相のときに行なわれた第三次の軍備整理では、四個師団を廃止した。ただし、体質改善策として、あたらしい部隊、装備が採用された。これによって、戦車隊一隊、高射砲一個連隊、飛行二個連隊、山砲兵一個大隊などが新設され、通信学校、自動車学校も設立されることになったのである。

方針としては、軍備を縮小しながら、なんとか体質改善を目ざしたわけだ。

こうして日本陸軍に、はじめて戦車隊が産声をあげることになった。久留米市に第一戦車隊（本部と一個中隊）がおかれ、同時に陸軍歩兵学校教導隊に、おなじ編成で戦車隊が設けられたのである。

久留米の第一戦車隊は、のちに戦車第一連隊となった。現在、自衛隊久留米駐屯地には、日本戦車隊発祥の地を記念し、戦車兵関係者たちによる「戦車の碑」が建てられている。

碑文には、こう書かれている。

　大正十四年　この地に
日本最初の戦車隊が誕生した
　その後二十年　戦いの日多く
戦域はひろがり　ひとびとは
この車輌とともに生死し
昭和二十年　その歴史を閉じた
　世々の価値観を越えて事実は
後世に伝えられるべきものである
ために　その発祥を記念し

この地に生き残れる者が相集い
死せしひとびとの霊を慰めつつ
　戦車の碑を建てる
　昭和四十九年五月
　旧戦車兵有志　九百八十余名
　陸上自衛隊機甲科　三千五百余名

戦車隊は誕生した。しかし、かんじんの戦車が日本にはなかった。

当時、フランスは第一次大戦に使ったルノー型戦車を抱えて処分に困っていた。しかし、各国の戦車開発が進み、時速八キロのルノー型は時代おくれであった。このころには、三〇キロのスピードがだせる高速度戦車が登場していた。日本は、訓練用にルノー型を約一〇輛輸入したが、結局、国産戦車を開発することに決まった。

日本の自動車工業は、当時まだ揺藍期《ようらんき》にあった。軍用自動車としては、四トン自動貨車《トラック》が大阪砲兵工廠で製造されているに過ぎなかったという。民間でも、需要はまだまだすくなかった。大正七年には、軍用自動車補助法が制定された。これは政府が半額の補助金を出して自動車を生産させ、必要なさいには徴用の義務を負わせた制度だった。

のちに陸軍が強く主張して、昭和十一年五月には、自動車製造事業法が制定された。自動車または自動車部品の組立、製造事業を政府の許可制とし、税の免除などの優遇措置によって、自動車産業を振興させようとしたものである。

軍用自動車補助法の適用を受けたのは約一〇社だった。実際に生産に入ったのは、石川島自動車製作所（スミダ車）、東京瓦斯《ガス》電気工業（ＴＧＥ車）、ダット自動車製作所（ダット車）の三社で、その生産量もわずかであった。石川島自動車製作所は、現在の「いすゞ」の前身である。

とにかく、国産戦車を開発しなければならない。技術本部は、大正十四年八月、兵器研究方針の改定を上申し、陸軍技術会議で、審議のあと翌年二月に発令された。

こうして、兵器研究方針に「戦車ならびに牽引車」の項目が設けられ、その基準が示された。国産戦車の最初の、構想である。

一、全重量　約一二トン
二、最大速度　時速二五キロ
三、超越しうる壕幅　約二・五メートル
四、全長　約六メートル
五、幅および高さ　そのまま内地の鉄道輸送に支障なきを目途とす
六、装甲板の厚さ　主要部において、少なくとも五～六〇〇メートルの射距離からの三七ミリ砲の斜射に抗堪《こうたん》し得るを目途とする
七、武装　五七ミリ砲一、重機関銃一以上
八、携帯弾薬数　砲弾一〇〇発、銃弾一銃につき三〇〇〇発
九、攀登《はんとう》し得る傾斜　三分の二
十、運行距離　一〇〇キロ以上

十一、軌道装置　壕の超越を防害せざる限りなるべく柔軟性を有せしむ
十二、機関馬力　一二〇馬力
十三、熱帯地における使用を顧慮する特殊戦車
㈠、水陸両用戦車を研究す
　理由　上陸、渡河援護、架橋支援、偵察に供するものを必要とすればなり
㈡、分解搬送式の重量大なるものを研究す
　理由　作戦上威力大なるものを必要とすることあればなり
　乗員は、五名と明示されていた。

軍機械化への模索

こうして、戦車に必要とする諸条件は決められた。しかし、フランスから〝中古車〟を買ったことでもわかるように、ヨーロッパの各国にくらべ、近代戦を想定したうえでの戦車の認識は、一歩も二歩もおくれた。

これはまず第一に、日本に第一次大戦での戦車というものについての、実感的な経験のないことによる。第二には、戦車を何に使うべきかを明確にさせることができなかったことによる。国によって、予想する戦争状態がまるで違うし、作戦する地形も違う。

フランスのように、国境を守るためにマジノ要塞線のような築城をめぐらして、防衛的な作戦を指導する場合、戦闘の主体は砲兵であり、歩兵である。したがって戦車は、歩兵支援の域を出ては考えられない。

イギリス軍は、大陸派遣軍を主として考える。それに植民地戦もある。戦車や装甲車による機械化部隊の構想が、いちはやくこの国に生まれたのは、不思議でない。

ドイツは後に、攻勢作戦専一に考えて、独特の装甲師団をつくり上げた。英独ともに予想戦場は、装甲車輌やトラックの運用に適していた。

翻って日本の場合、この昭和初期のころ、ソビエト軍はまだ、恐るべき敵ではなかったが、ともあれ、予想戦場は満州であった。そして、ねらっている戦争様相は機動戦である。

だが、このころのルノー戦車では、とうてい、機動戦に向くとは考えられないし、何よりも満州は道路は少なく、悪く、戦車の可能性について、懐疑的にならざるを得なかったのである。

そして、この懐疑的な状態が、日本陸軍には久しくつづいたのである。これの目を覚まさせたのは、ノモンハン戦以後であった。

勿論、それまでに、たとえば九七式中戦車が生まれるというような技術的進歩が、戦法や、機械化部隊の編成に大きく影響したのである。

だが、戦車が小型であった主因は、数を沢山欲しかったのと、日本内地で作って戦場まで運ばねばならなかったからである。

ところで、日本の戦車づくりの中心となった技術者の一人に、原乙未生《とみお》中将がいる。陸軍士官学校を経て、東京帝国大学機械工学科を卒業した。終始、国産戦車開発の中心人物で、その間に戦車連隊長として野戦に参加した経験を持つ。

原氏は、日本の戦車開発の当初は、技術本部の部員であった。同氏の著書『日本の戦車』

を引用しながら、戦車の歴史をさらに追ってみよう。

技術本部車輌班は、懸命に戦車づくりに打ち込んだ。メンバーは班長以下将校、技師四人、製図手一二人で、残業に残業をかさね、寝食を忘れて考案し、設計し、図面を完成させた。製作図面は、一万点におよぶ部品を、ボルト、ナットの細部まで正確に設計しなければならず、その作業量は、膨大なものであった。

試作を担当した大阪工廠では、自動車にくらべて遙かに大型の戦車建造に必要な工作機械がなかった。汽車製造会社、神戸製鋼所をはじめ、阪神地区にある民間会社の協力をもとめ部品を製作し、これをまとめて大阪工廠で組み立て作業をした。

まずエンジンが完成し、運転試験が行われた。弁槓桿の折損などの事故も起きた。しかし、工廠でも初体験のV型八気筒エンジンは予定の一二〇馬力を上まわる一四〇馬力の出力を得た。かくて戦車がほぼ完成したのは、昭和二年二月末である。技術本部が設計に着手したのは大正十四年六月であるから、約二年がかりの作業だった。戦車の試作費は大正十五年度予算に計上されていた。年度末（昭和二年三月末）までに完成させなければ、予算返上を迫られる。タイム・リミット寸前にようやく完成したわけだ。

六月に、はじめての野外試験が富士裾野の演習場で行われることになった。

じつは設計者、製作者はごく内輪の試験にしたかった。なにしろ、はじめての性能試験なので、一抹の不安が残る。

陸軍省、参謀本部、実施学校などの関心はきわめて深く、試験の見学申し込みがあいつぎ、最初から公開試験となってしまった。担当者たちは当惑した。技術本部長・鈴木孝雄大将、第一部長・黒崎延次郎中将らは、辞表を懐に試験に臨んだという。

御殿場駅から板妻廠舎にいたる七、八キロの間を戦車が自力運行したのを見て、見学者の間に歓声があがった。初誕生の戦車は、動けるかどうかすら心配されていたのだ。

翌日から行なわれた船窪台付近の野外試験も成績はよかった。三分の二の急傾斜をやすやすと登り、堤防や塹壕の超越にも予定どおりの性能をみせた。

さらに原氏の記述――

不整地を闊歩する有様は、ルノー戦車や英中型戦車を知る人の目には、格段の踏破性があり、緩衝機構の効果によって速度も速く、操作は軽快であり、乗心地がよく、射撃支台としての安定性もよい。戦車に乗っていれば路外の凸凹による激突も感ずることがなく、非常にすぐれた安全感を持っていた。

原氏は言う――

ただひとつ、大きな誤算があった。予定重量一六トンを超過して一八トン以上になったことだ。時速二五キロで走れず、二〇キロが限度だった。それでも、従来のルノー戦車八キロ、中型戦車の一四キロを見慣れた目には、一八トンの巨体が二〇キロのスピードで地響きをたてて驀進する有様は壮観そのものとして写り、国防に大威力を加えたという信頼感が持たれた。

試製第１号戦車。陸軍技術本部員だった原乙未生中将が中心となって開発が行なわれ、後の日本戦車製造の第一歩となった。

見学者たちからの讃辞を受け、原氏たちはおおいに面目を施した。試作の成否に職を賭けていた鈴木、黒崎両将軍も、胸をなでおろしたに違いない。

最初の基準は重量約一二トンなどとなっているが、これは公式のもので、実際の設計段階では一六トンを予定していたという。

国産戦車の建造にようやくめどがついた。ただ一八トンの重量は、主力戦車として軽快さを欠くということで、統帥部であらためて性能を検討した結果、一〇トンの戦車を試作することになった。それがのちの八九式戦車である。予算切れ寸前の試作完成だったが、さらに一年度延期された。

ただ国産一号の一八トン戦車も攻撃威力にすて難い利点がある、と評価された。さらに改良して生まれたのが、九五式重戦車である。もっとも、日本の場合、重戦車は実戦部隊用としては日の目はみなかった。

国産第一号戦車の試験が行なわれた昭和二年三月、英国ヴィッカース社に注文していた一〇トン高速度戦車が日本に到着した。

受領試験を行なうために戦車を運ぶ途中、事故が起きた。燃料タンクから気化ガソリンが車内に充満、引火して火を噴きだした。エンジン部が焼け、ヴィッカース社から派遣されてきた技師二人が火傷を負った。部品をあらためて英国から取り寄せたので、試験走行は国産一号戦車の翌月にまわされた。

八九式中戦車。国産の第２次試作戦車として昭和４年４月に完成、当初は八九式軽戦車と呼ばれた。写真は上海戦線のもの。

試験の結果、性能は優秀であった。国産戦車よりはやい時期に試験走行が行なわれていたら、両者の優劣をめぐって論議が起き、そして戦車を国産で建造する方針も容易に決まらなかっただろう、という。

国産の第二次試作車は、重量一〇トンが絶対条件だった。設計段階の諸元はつぎのように決められた。

重量　一〇トン
最高時速　二五キロ
全長　四・三メートル
登坂能力　三分の二
エンジン　約一〇〇馬力
武装　三七ミリ砲一（旋回砲塔内）機関銃一以上
装甲　五〇〇〜六〇〇メートルからの射距離で

試製軽戦車の設計諸元と試験成績の比較

項　目	設 計 諸 元	試 験 成 績
1. 重量	11t以内	約9.8t
2. 最大速度	約25km/時	約26km/時
3. 超越しうる壕幅	2m	2m
4. 全長	約4.3m	4.3m
5. 幅、高さ	内地鉄道輸送に支障なきを目途とす	幅2.15m 高2.2m } 要件に適す
6. 装甲板の厚さ	主要部において少なくとも500～600mより37mm砲の斜射に抗堪し得るを目途とす	優良鋼板を使用, 厚さ17mm,15mm,12mmを適宜配置しあるをもって37mm砲の近距離よりする直射に抗堪し得る
7. 武装	57mm砲1 重機関銃1以上	57mm砲1 重機関銃1　予備1
8. 携帯弾数	砲弾100発, 銃弾１銃1500～3000発	砲弾100発, 銃弾2500発以上
9. 攀登しうる傾斜	3分の2	3分の2、長傾斜
10. 運行距離	100 km以上	120 km以上
	熱帯地における使用を顧慮す	充分顧慮しあり

三七ミリ砲の斜射に抗堪できる
幅および高さ　内地の鉄道輸送に支障がないこと

二年後に、第二次試作車が完成した。技術試験をかさねたすえ、東京～青森間の長距離運行試験が行なわれた。その結果、耐久性能も充分であり、日本の主力戦車として採用されることが決定した。八九式軽戦車（のちに中戦車と改称）と名づけられた。

「八九式」は、紀元二五八九年（昭和四年）制式を意味する。また、私たちの愛車、九七式中戦車は、紀元二五九七年（昭和十二年）で、「チハ車」とも呼んだ。「チ」は中戦車の意味で、「ハ」は国産中戦車の三号目であり、「チニ車」は、中戦車の四号目ということになる。「ケ」は軽戦車、「ホ」は砲戦車であった。いずれも試作時の秘匿名である。

初代の八九式戦車は、エンジンが空冷ディーゼルにかわったさい、甲型と呼ばれ、ディーゼル使用の乙型と区別された。甲型は昭和六年から量産体制にはいった。生産台数は同年、一二輌。七年、二〇輌。八年、六七輌。九年、一二一輌。十年、五八輌だった。

列強、技術開発をきそう

日本の戦車隊の初陣は、昭和六年九月十八日に起こった満州事変であった。日本の大陸への武力輸出のワン・ステップである。

この年十二月、歩兵学校教導隊戦車隊と久留米の第一戦車隊から、ルノーFT戦車、ルノーNC戦車などが数台ずつで一隊を編成した。第十四師団に配属され、ハルピン付近の戦闘に参加した。当時、日本の戦車隊はフランスから、一部、戦車を購入していた。

翌七年、第一次上海事変に、久留米の第一戦車隊から独立戦車第二中隊が出動した。このときに八九式中戦車が実戦に登場した。国産戦車とフランス製が比較される場でもあった。この戦闘で、戦車隊は堅固な中国軍陣地の攻撃によく働いた。そして、歴史を誇る、しかも日本が師として技術を学んできたフランス戦車よりも国産戦車が優秀であることを実証したという。

ところで、この八九式戦車の実戦初参加のさい、指揮をとった独立戦車第一中隊の重見伊三雄隊長（当時、大尉）は、私が配属された関東軍の戦車第九連隊の連隊長もつとめている。のちに太平洋戦争で、フィリピンに派遣され「重見支隊の玉砕」として知られる悲惨な戦闘をした。

敗色が濃くなった昭和二十年の比島戦線で、無理な出撃を強要された重見伊三雄少将は、命令伝達にきた師団参謀に、「物も言えず、目も見えず、耳も聞こえない戦車に、夜間挺進を命令するとは非常識きわまる」と憤激して言った、と小川哲郎氏著『玉砕を禁ず』にある。五サイパンで戦車第九連隊の五島大佐も戦車用法をめぐって師団参謀と意見が分かれた。五島連隊長も深い抵抗感を残しながら、あの総攻撃で散っていったようである。

重見少将の場合は、激怒した山下奉文大将が軍法会議で処断するため軍司令部への出頭を命じた。追い詰められた少将は、自ら最先頭の戦車の砲塔にまたがって突撃し、割腹自決したという。

おそらく、この師団参謀は、マレー作戦で島田戦車隊が見事に成功したスリム夜戦を思い出していたのだろう。島田戦車隊の活躍は、ひろく知られていたからである。
しかし、戦車による夜戦は、あくまで慎重を期すべきである。視界のせまい戦車にとって夜戦は不利である。戦車の有効な用法については、命令系統はあるにしても、プロである戦車連隊の指揮官の意見を充分聞くべきだと私は、いまでも思っている。

ルノーＮＣ戦車。満州事変の勃発した昭和６年12月、日本戦車隊の一員として、ハルピン付近で行なわれた戦闘に参加した。

上海事変でフランスのルノー型戦車をしのいだ国産戦車は、出足のおくれた日本の戦車開発が、世界のレベルにまで到着していることを裏づけた。戦車技術陣たちの努力が、ようやく結実したといえる。

日本の戦車技術陣は、さらに誇るべき業績を残している。世界にさきがけ空冷式戦車用ディーゼル・エンジンの研究にも着手した。

戦車は砲火や地雷を防ぐため、機関室を密閉する必要があった。いきおい、気化ガソリンが洩れて発火しやすい状態に陥る。これは当時の戦車のウィーク・ポイントであった。あとで述べるノモンハン事件では、日本軍がこの弱点をねらってソ

ルノーＦＴ戦車。1917年にフランスで製造、〝ベビータンク〟と呼ばれた。重量6.5トンの小型で機動性に富んだ車体だった。

連軍戦車に火炎瓶攻撃をかけている。

かりに発火点の低い重・軽油が利用できたなら、その心配は減り、しかも、石油資源の乏しい日本では、メリットが大きく、貯蔵、補給もガソリンにくらべて容易である。ディーゼル・エンジンの採用が可能ならば熱効率も高く、燃料消費量も少ないので、補給面も、助かることになる。

また満州で使用すると想定した場合、冷却水の補給、凍結による故障などを考えなければならず、空冷式が可能なら理想的であった。

そこで戦車用の空冷ディーゼル・エンジンという画期的な研究が、昭和七年から開始された。当時、世界ではドイツで自動車用に高速ディーゼル・エンジンが開発されていただけである。

三菱重工で試作し、燃焼方式、冷却方法について苦心をかさねたすえ翌八年、試運転にこぎつけた。そして、さらに昭和九年の厳冬期に北満州でテストされ、十一月から採用された。

いまディーゼル・トラックなどが、日本の自動車産業の特徴となり、世界各地でメード・イン・ジャパンの車が走りまわっているのも、この戦闘車輛のディーゼル化が基礎になっている。

もっとも、各国の戦車開発技術も急テンポで進んでいった。

昭和十年当時、フランスでは、堅陣突破用に七〇トン重戦車が完成していた。まさに〝動く要塞〟である。

三菱重工東京製作所で製造される九七式中戦車改(上)。南満造兵廠や、満州三菱など日本本土以外でも戦車は造られた。下は九七式中戦車の製造ライン。後方に見えるのは九五式軽戦車。

イギリスでは、ヴィッカース高速戦車に改良が加えられ、A6型一六トン戦車が主力になっていた。さらに三・五トンの軽戦車も出現していた。A6型は四七ミリ砲をそなえ、軽戦車は機関銃だけだったが、どちらも時速五〇キロ以上のスピードで突っ走れる。

日本が苦心のすえ生みだした主力の八九式戦車は、重量九・八トン（のちに一一・五トン）、最高時速二五キロだ。開発から、もう時間が経過しすぎていた。フランスから輸入、改良したルノーZ型も重量七・九トン（のち八・六トン）、時速一八キロである。

主力戦車を、さらにパワーアップさせる必要があった。火力と速度による攻撃力を強化しなければ、各国にふたたび遅れてしまうので、モデル・チェンジの時期がきていた。

昭和十一年七月、技術本部で第十四回軍需審議会がひらかれた。会長は陸軍次官・梅津美治郎中将、委員は技術本部、造兵廠、兵器本部など設計本部の担当部長および参謀本部、陸軍省、教育総監部の関係課長。幹事長は木村兵太郎陸軍省統制課長で、オブザーバーとして山脇正隆整備局長と多田礼吉兵器局長（ともに少将）が出席した。

議題である「陸軍技術本部の兵器研究方針に新様式の中戦車研究方針追加の件」では、出席者の意見が調整できていなかった。ふだんなら、事前に幹事長を中心にして打ち合わせ、審議会は一種のセレモニーであった。ところがこのときは違う。作戦・編制が仕事の参謀本部第三課と、編制・予算を担当する陸軍省軍事課が対立し、ふたつの意見をならべて提案する異例の事態になった。

つぎのような議案が提示された。

新様式中戦車研究方針

第一　研究方針

八九式中戦車にかわるべき歩兵支援用主力戦車を研究す。想定能力を八九式に比較すれ

新様式中戦車予定主要諸元表

種類	第一案	第二案	参考
方針	八九式を基礎とす	九五式軽戦車を基礎とす	八九式諸元（八九式乙）
重量	約一四t	約九・五t	約一二t
武装	五七mm戦車砲一、機関銃一（砲塔内） 固定機関銃一	五七mm戦車砲一 固定機関銃一	五七mm砲一、機関銃一（砲塔内） 固定機関銃一
弾薬	砲弾一〇〇、銃弾三〇〇	砲弾六〇、銃弾一〇〇	砲弾一〇〇、銃弾三〇〇〇
装甲	前面及側面要部三〇mm 砲塔及側面大部二五mm	前面及側面要部二五mm 砲塔及側面大部二〇mm	最大一七mm
発動機	空冷ディーゼル二〇〇馬力	空冷ディーゼル一二〇馬力	空冷ディーゼル一二〇馬力
最大速度	路上　約三五km／時 路外　一二km／時以上	路上　約三〇km／時 路外　一二km／時以上	路上　約二五km／時 路外　約一〇km／時
超越壕幅	約二・五m	約二・二m	約二・六五m
乗員	四、車長、砲手（砲塔内） 固定銃手　操縦手	三、車長兼砲手（砲塔内） 固定銃手　操縦手	四、車長、砲手（砲塔内） 固定銃手　操縦手

ば次の如し

第一案

一、装備を改善す。すなわち五・七センチ戦車砲および車載機関銃を新様式に改む
二、装甲は三七ミリ級対戦車砲に近距離において抗堪するを目途として増強す
三、速度は陣前、陣内の地形における実用速度をも考慮して増加す
四、重量は八九式より著しく増加せしめず
五、超越壕幅、登坂能力などはおおむね八九式を標準とす
六、展望装置および無線装備を改善す
七、戦闘室容積は八九式と同等ならしむ

第二案

一、武装を減少す。すなわち砲塔内の機関銃を除く
二、装甲は三七ミリ級対戦車砲に中距離において抗堪することを目途として増強す
三、速度は陣内、陣前における実用速度も考慮しやや増加す
四、重量は八九式より小ならしむ
五、登坂能力および超越壕幅はおおむね八九式を標準とする
六、規制無線機を改善す
七、戦闘室は乗員一を減じ、かつ狭隘をもってしのぶ

第二　理由の概要

第一案

武装、装甲および速度も増大し、超越壕幅、登坂能力などはおおむね八九式に準ぜしめ、これにより生ずる重量の増加はやむをえざる程度にとどむ

第二案

重量を小ならしむるを主眼とし、装甲、速度を増大し、機関銃を九五式軽戦車と共通ならしめ、武装の減少、ならびに車内の狭隘をしのぶ

参謀本部は、第二案を支持した。ただ馬力は二〇〇馬力とし、不整地通過能力をたかめ、一二トン以下にする。そのためには三人乗り、装甲二五ミリでもいいという。小さい戦車を多数そろえる考え方である。

陸軍省軍事課は第一案の四人乗りが望ましいが、一二トンをこえるようなら装甲や速度をおとすのもやむを得ないという。その他は第一案支持だった。

結論は「第一案は技術的にできるだけ重量を軽減する」「第二案は超壕能力、攀登能力は八九式に近づけ、無線機を改良する」そして、どちらも試作し、その比較試験によって採否を決めることになった。

審議会で主張された細部の修正意見をまとめると、次頁表のようになる。

技術責任者の原氏（当時、中佐）は、「二案の利害は、図面の検討によっても明瞭であって、技術者としてはこのような競争試作はとりたくないのであったが、二案にたいする支持は、いずれも強硬であったから、実験結果に訴えることになったのである」と言う。

共通意見は、性能をアップさせ、しかも、重量を減らせ、ということである。矛盾した注

項　目	第１案	第２案	参考八九式諸元	説　明
1.方　針	八九式を基礎とす	八五式軽戦車を基礎とす	(八九式乙)	
2.重　量	約13.5t	約10t	約12t	なお減少に努む
3.武　装	57mm戦車砲1 機関銃1(砲塔内) 固定機関銃1	57mm砲(砲塔内) 固定機関銃1	57mm砲1 機銃1(砲塔内) 固定機関銃1	
4.弾　装	砲弾100,銃弾3000	砲弾100,銃弾1000	砲弾100,銃弾3000	
5.装　甲	前面・側面要部25mm	概ね20m	最大17m	第2案は板厚を減少す
6.発動機	空冷重油 200馬力	空冷重油 120馬力	空冷重油 120馬力	第2案は九五軽戦車と共通
7.最大時速	路上　約35km 路外　12km以上	路上　約27km 路外　10km以上	路上　約25km 路外　約10km	
8.超越壕幅	約2.5m	約2.4m	約2.65m	ソ連の掘拡散兵壕を超越す
9.攀登傾斜	3分の2 短距離1分の1	同　　左	同　　左	
10.行動能力	約10時間	約10時間	約10時間	
11.乗　員	4、砲塔内 車長　砲手 固定銃手　操縦手	3、砲塔内 砲手 固定銃手　操縦手	4、砲塔内 車長　砲手 固定銃手　操縦手	第2案は戦闘動作の不便をしのぶ
12.全　長	約5.5m (尾体なし)	約5.1m (含尾体)	約5.74m (含尾体)	両案とも八九式に比し外形小
13.全　幅	約2.2m	約2.1m	約2.2m	
14.全高 除展望塔	約2.3m 約2.05m	約2.2m 約1.95m	約2.56m 約2.31m	全高を低下するに努む
15.最低地上高	約0.40m	約0.40m	約0.50m	
16.展望通信設備	潜望鏡を付す 無線機の能力を増大す	現制無線機を改善す	無線機能力 電話1km	

文であった。勿論、高価な材料を使用すれば、軽量化は可能である。しかし、コスト・ダウンは望めない。

戦車技術陣は苦心をかさねた。

原氏は言う。

従来の戦車の構造を検討しても、もっとも重量を節約する余地のあるのが懸架装置であると考え、コイル・バネを巧妙に配置した新構造を考案した。その結果は緩衝作用も良好で、重量も軽減することができた。また車体構造には、つとめて溶接接手を採用し、補強のための骨組を省略して強度をうる方法を考えた。これらの改良案をもとにして軽量二案をたて、大阪工場（チニ車一輌）および三菱重工業（チハ車二輌）に発注し、その比較試験によって採用を決することになった。

しかし、設計者としては軽量にしてかつ優秀なことは望むところであるから、極力両案の性格を接近させることに努力し、苦心の結果、竣工時の諸元は次表のようになった。

種類	速度	超壕幅m	馬力	装甲mm	重量t	武装	長さm	乗員
第一案（チハ車）	三八	二・五	一七〇	二五	一三・五	五七mm砲一 機関銃二	五・五五	四
第二案（チニ車）	三〇	二・五	一三〇	二五	九・五	五七mm砲一 機関銃一	五・二六	三

両案の設計は昭和十一年から行われ、翌十二年に試作竣工、技術試験をかさねた。

正確に予定重量のとおりに完成したのみならず、戦術性能は表に示すように両案とも、速度において予定性能を凌駕し、装甲厚および超壕幅は同等となった。また懸架装置の機能が非常によく、安定性も良好で乗心地がよく、操縦も軽快であった。またその形態は第二次大戦後各国こぞって採用しており、本車は世界の標準形態に先鞭をつけたものであり、ここに我国は新式戦車として快心の作を得たのである。

両戦車の適否を検討するため、戦車学校に委託して試験が行なわれた。実用者側の意見は第一案支持で、参謀本部はやはり第二案に魅力を感じていた。

かくするうちに支那事変が起こった。これによって戦車整備が緊急事となり、予算の制約もふっとび、生産も急がねばならなくなり、第一案の採用が決まった。

満州、そしてサイパン。私たちが運命をともにする〝九七式中戦車〟は、こうして誕生した。

九七式は試作当時にくらべ、エンジンの改善によって速度は時速四〇キロ以上となった。また展望視察用としてパノラマ眼鏡、反射展望鏡《ペリスコープ》を装置し、戦車用無線通信機をそなえるなど、付属設備も近代化されていた。その後、一部の装甲を五〇ミリに増強するなどで、最終的には重量が一五・三トンとなった。

支那事変（昭和十二年）から、大平洋戦争開始までの戦車の生産台数は、つぎのようになっている。

	昭和十二年	十三年	十四年	十五年	十六年	計
九五式軽戦車	八〇	五三	一一五	四二二	六八五	一三五五
八九式中戦車	二九	一九	二〇	〇	〇	六八
九七式中戦車	〇	二五	二〇二	三一五	五〇七	一〇四九
年間計	一〇九	九七	三三七	七三七	一一九二	二四七二

私はある冬の日、滋賀県今津町にある自衛隊今津駐屯地をたずねた。今津には、戦車第三大隊が置かれている。

大隊長と駐屯地司令を兼ねておられる生田喜重一等陸佐の好意で、いまの自衛隊の戦車に乗せてもらった。雪深い演習場を、六一式戦車が快適に走った。私は、三〇年前の満州原野の演習を思いだした。若い隊員たちのきびきびした動作のなかに、戦車兵の伝統が脈打っているようにも感じられる。

当然のことであるが、戦車の性能は違う。重量三五トン、全長八・一九メートル、全幅二・四八メートルと九七式にくらべひとまわりも、ふたまわりも大きい。最高速度、時速四五キロ……。四人の乗員は、すべて無線で連絡しあう。私たちは、昔の戦車ではエンジンの騒音にかき消されまいと怒鳴る車長の指示に、耳をそばだてたものだ。九〇ミリ戦車砲と機銃も、ボタンひとつで連動していた。近代兵器の開発は急ピッチである。

次期主力戦車STB型の写真が、司令室に掲げてあった。

戦車関係者の資料によると、この七四式は、六一式戦車の改良型だという。昭和三十九年から、現在の技術本部が中心となって基礎研究に着手したもので、部分試作の実用試験が重ねられたあと、昭和四十三年に三菱重工が主契約会社となり、約一〇億円の予算で第一次試作を開始している。

試作車二輛は四十四年九月にできあがり、翌十月から実用試験が行なわれた。四十五年から四十七年度にかけて、約一二億円の予算で第二次増加試作型四輛が製作された。

陸上自衛隊は、昭和四十七年から五十一年度の第四次防衛力整備計画で、このＳＴＢ戦車を制式化、約一六〇輛の調達を予定しているそうだ。

ＳＴＢ戦車は、六一式の性能に比し一段と向上している。

戦闘重量が約三八トン（重武装の場合は四〇トン）、乗員四名（車長、砲手、装填手、操縦手）、主砲は、イギリスのヴィッカース社が開発した五一口径一〇五ミリ戦車砲Ｌ７Ａ３を、日本製鋼所が製造権を得て国産化した。英国の「センチュリオン」９型～13型、米国のＭ60およびＭ60Ａ１、西ドイツの「レオパルト」、スイスのＰＺ61およびＰＺ86、インドの「ビジャンタ」など、各国の主力戦車にも採用されている高性能砲だという。

離脱装弾筒つき徹甲弾（ＡＰＤＳ弾）を使用すると、最大初速は毎秒一四五〇メートルである。一六〇〇～二〇〇〇メートルの射距離では、各国の現用戦車のすべてを撃破できるという。また夜間暗視装置、レーザー測距装置、弾道計算器、砲安定装置などをそろえ、三〇〇〇メートルで誤差五メートルの命中率を誇っている。

エンジンは、九七式中戦車以来、日本の伝統である空冷式ディーゼル・エンジン、戦車用としては世界で最初の二サイクルV型を採用した三菱10ZF（V型一〇気筒七五〇馬力）で、最高時速五〇キロである。

燃料は軽油を基本としているが、航空機用のジェット燃料も使用できる多燃料機関だ。これは、現代の戦車エンジンのひとつの傾向になっている。

九五式軽戦車。昭和9年6月に試作車が完成、太平洋戦争開始事には1000輛以上が配備された。九七式につぐ生産数を誇る。

STB戦車の特徴は、油気圧式懸架装置を採用したことだという。米国パシフィック・カー・アンドリー社が開発したもので、転輪の高さを上下させて車体の高さを変えることができる。

どの程度に高さが変えられるのか、明らかにされていないが、スウェーデンのSTRV103の場合には六〇センチの範囲で変えることが可能らしい。

さらに驚異的なのは、水にもガスにも気密性一〇〇パーセントで、潜水渡河もできることである。私たち旧日本軍の戦車兵には、想像もできない。

操縦室と戦闘室は、いっさい水をシャット・アウトし、機関室は自由浸水しても作動する。排気は排気管にチューブをつなぎ、四メートル前後の深度まで潜水して行動するという。

九七式中戦車。日本戦車のなかでは約2100輛と最も多く生産され、サイパン戦のみならず、太平洋戦域の各所で使用された。

この戦車は、世界のトップ・レベルの戦車なので、各国から引き合いがきているそうである。七四式ＳＴＢ一型〜六型の諸元は、つぎのようになっている。

乗員　四名（車長、砲手、二番砲手、操縦手）
戦闘重量　約三八トン
全長　約六・六メートル
全幅　約三・二メートル（国鉄新幹線軌道による列車輸送可能）
全高　約二・二五メートル
登坂能力　六〇パーセント
最高速度　路上毎時約六〇キロ、不整地二〇〜三〇キロ
エンジン　三菱10ＺＦ二サイクル・ディーゼル
（空冷式Ｖ型一〇気筒、約七五〇馬力）
武装
一〇五ミリ戦車砲一（連続発射速度、一分間九〜一〇発）
七・六二ミリ機関銃一（主砲と同軸）
一二・七ミリ機関銃一（車長と対空併用）

左より47ミリ徹甲弾、57ミリ榴弾、37ミリ榴弾。九七式中戦車は短砲身の57ミリ砲、改型は長砲身の47ミリ砲を備えていた。

運行距離　三〇〇キロ
伝達機構　流体変速方式。前進六段・後進一段
装甲は公表されていないが、車体の高さを変更できるほか、丸みや傾斜をつけるなどの工夫がされている。

前述したように、STB戦車の一〇五ミリ戦車砲は、初速、毎秒一四五〇メートルである。私たちの九七式中戦車で使用されていた短砲身の五七ミリ砲は、初速、毎秒四二〇メートルである。現代兵器と比較することは無理なのだが、もともと旧日本軍の戦車は火力の弱さが致命的だった。

弾丸のスピードは、同じ口径なら砲身の長い方が、弾丸を高速で撃ちだす。戦車砲の場合、歩兵攻撃では短砲身の榴弾砲、対戦車戦闘では高初速の長砲身砲、つまり加農タイプが必要となる。

ところで九七式が開発された当時、新式戦車には、さらに威力のある火砲をそなえる構想もあった。しかし、戦車の用法が、歩兵との直接協同作戦を前提としていたので、それまでの五七ミリ砲

で充分と判断されてしまった。戦車対戦車の戦闘では、戦車砲の威力と装甲板の厚さが勝敗の鍵となるが、旧日本軍の考え方は対戦車戦よりも歩兵中心であった。

ノモンハン事件直前の昭和十四年四月、九七式中戦車を使って、日本の三七ミリ速射砲（対戦車砲）とドイツのラインメタル社の対戦車砲の威力テストが行なわれた。上表のような記録が残されている。

	ラインメタル三七mm砲	九四式三七mm速射砲
装薬量	一四九g	一〇三g
初速	六九九m	六四八m
射距離	一五〇m	一五〇m
命中点	下部側板	下部側板
鋼板厚	二五cm	二五cm
命中角度	九〇度	九〇度
弾着景況	破貫後内部にて炸裂	凹痕
外部効力	穿貫孔 長径四〇mm 短径三七mm	凹痕 径三〇mm 深一二mm
内部効力	侵入後炸裂 破片にて反対側内側を破壊す	効力なし
判決	炸裂破片による破壊および殺傷効力甚大なり	効力なし

実験射撃は、一五〇メートルの射距離で行なわれた。そして、ラインメタル砲は、射距離を二倍の三〇〇メートルにしても効力がほとんどかわらなかったという。歩兵中心主義をとりながら、歩兵もまた低性能の対戦車砲で戦わねばならなかったわけである。

九七式戦車を開発した原氏は、「五七ミリ砲で充分と認められたので変更することができず、火砲問題が将来にのこされたのは遺憾なことであった」と回顧している。

火砲の劣弱さは、サイパン戦でも実証された。

あのオレアイの総攻撃のさい、戦車第九連隊の射撃技術は米軍戦車をはるかにしのいでいた。九七式中戦車から発射された徹甲弾は、米軍のM４戦車に小気味よく命中した。しかし、跳ね返され、被害を与えることができなかった。極言すれば、ボールを投げつけているようなものだった。

昭和十四年七月、ノモンハンで戦った当時の戦車第四連隊長・玉田美郎大佐（のち中将、少年戦車兵学校長）の手記に、おなじような場面が記述されている。

〈九五式軽戦車の砲手がこう報告する。「隊長殿、私の射つ弾丸は、たしかに命中するのですが、敵戦車は跳ね返します」――これは必勝の信念にも影響する重大事だ、と心中ひそかに心配した〉

日本の戦車にとって、戦車砲の貧弱さは、宿命だったようだ。そのために大勢の戦友が散らなければならなかった。

フィリピンの最後の戦闘に出現した米軍のM４戦車（シャーマン）は、七六ミリ砲をそなえていた。そのころ、日本も七五ミリ砲で武装した四式中戦車を完成させていた（重量三〇トン）。

これは、相手の火砲と装甲板を考慮して設計された対戦車用戦車である。

高射砲級の戦車砲で一〇〇〇メートルの射距離から七五ミリの防弾鋼板を貫く威力があっ

た。しかし、量産が間に合わなかった。戦後、米軍の技術調査団は、この四式中戦車が大量に登場していたら、比島の戦車戦は米軍も苦戦しただろう、と述懐したという。すべては手遅れであった。

四式中戦車よりも以前に、一式中戦車が誕生していた。九七式中戦車のつぎに生まれた新型である。

装甲板の厚さ五〇ミリ、火砲は低初速五七ミリ砲のかわりに、一式四七ミリ戦車砲を備えていた。エンジン出力二四〇馬力(九七式は一七〇馬力)、重量一七・二トン(同一五・三トン)である。たしかに九七式より性能は向上していた。しかし、生産が間に合わなかった。量産に入ったのは昭和十八年であった。しかも生産量は同年度一五輛、翌十九年度一五五輛だけである。

マレー作戦で活躍したのは、九五式、九七式である。またサイパン戦の中心は九七式であった。ただ、連隊長車と中隊長車には九七式改(一式戦車の試作型)が割り当てられていた。

ちなみに、サイパン戦当時、わが戦車第九連隊に配備された戦車は、つぎのとおりであった。

連隊本部　中戦車一輛(九七式改)、軽戦車四輛(九五式)
第一中隊　軽戦車中隊
第二中隊(グアム島)、第三中隊、第四中隊、第五中隊　四個中隊とも同じ中戦車中隊

砲戦車の一個中隊は三個小隊より成り、一個小隊は九七式中戦車三輛で計九輛、指揮班は九七式改中戦車一輛、九五式軽戦車三輛、したがって一個中隊の合計は中戦車一〇輛、軽

戦車三輛の計一三輛。

サイパン島には、連隊本部が置かれた。したがって、サイパン島に配備された戦車第九連隊の戦車は、

九七式改中戦車　連隊本部一、三個中隊の指揮班各一、計四輛

九五式軽戦車　連隊本部四、三個中隊の指揮班各三、計一三輛

九七式中戦車　三個中隊各九、計二七輛

合わせて四四輛である。グアム島に派遣された第一、第二中隊は、第一中隊が九五式軽戦車ばかり一五輛、第二中隊がサイパンの中隊と同規模の九七式を中核とする一三輛の計二八輛。このほか、連隊にはトラック約四〇輛を持つ整備中隊があり、約三〇輛をサイパンに置き、残りはグアムにまわった。

一式中戦車。重量17.2トン、出力240馬力、一式47ミリ砲を搭載していた。昭和18年、19年と合わせて170輛が生産された。

劣勢、遂に抜けず

自衛隊の今津駐屯地をたずねたさい、生田司令から質問された。

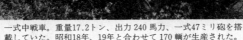

「あなたは、火砲と装甲のどちらを採りますか？」

「そりゃ、火砲ですね」と私は、すかさず答えた。

戦車づくりに関係されている生田司令は、威力のある火砲を重点に考えるべきか、それとも防御中心に装甲板を厚くするのが得策なのか、戦闘体験を持つ私に意見をもとめられたのだ。

じつは、このやりとりは、戦車用法にかかわりがある。世界の軍事界では、戦車の用法は歩兵に直接協同するものと、機動部隊として使う場合との二とおりが考えられている。これは、第一次大戦で戦車が登場した直後からのテーマであった。各国は歩兵直協と機動部隊の両面にそなえ、戦車整備にピッチをあげた。日本は歩兵中心の思想である。機動部隊の発想はなかった。いきおい、戦車の性能に対する要求が違ってくる。

歩兵の随伴兵器として使うなら、敵の機関銃巣を破壊するのが中心なので、火砲におのずから限度があってもよい。戦車を機動部隊として独立させる場合には、より速く、より強いレベルをめざさなければならない。

単に歩兵に協同させて使用するさいは、装甲の厚い戦車が必要である。ところが、日本軍の戦車は、火砲に威力がなく、しかも装甲も貧弱だった。

もともと明治建軍以来、日本の陸軍は「歩兵中心」で進んできた。

日露戦争後の明治十一年五月、教育総監部は日露戦争の教訓にもとづいて「戦法、訓練の基本」をまとめている。その趣旨は、

㈠、日本陸軍の戦法は国力、軍の編組、民情、予想戦場の地形に適合する独特のものであ

るべきこと。

㈡、無形的要素が最大の戦力たることを実証した戦訓に基づき、特に軍人精神の錬磨向上を期すこと。

㈢、将来も依然予想される日本陸軍の物力不足に応ずるため、特に軍隊の精練が必要であること。

㈣、歩兵中心主義に徹すること。

㈤、歩兵戦闘の主眼は攻撃精神に立脚する白兵戦にあり、射撃は敵に近接する一手段たるべき主意を明確にすること。

軍人精神、攻撃精神、軍隊の精練、指揮統帥の卓越などの無形的要素を重視し、白兵主義にたつ歩兵中心の思想が柱なのだ。

この五項目が、昭和十五年まで一字一句かわらずうけつがれた。その後、いくらか表現はかわったというが、無形的要素の重視と歩兵中心主義の思想は、日本陸軍の七十余年の歴史の基調となっていたのである。


一九二八年（昭和三年）ごろ、戦車の先進国、フランスは世界最強の陸軍国といわれたが、その戦車用法は、やはり歩兵直協が中心となっていた。

第一次大戦の経験をふまえた大部隊戦術的用法教令草案は、戦車の役割を、つぎのように規定した。

戦車は砲火であらされた戦場でも自由に走行できる装甲車で、歩兵の攻撃力を増大させる役目をもつ。戦車は、〝装甲された一種の歩兵〟であり、歩兵の前進をさまたげる敵を制圧し、あるいはこれを撃破するにたる機関銃と歩兵銃の運搬車というべきものである。そして装甲は、小銃と砲弾の破片に耐え、キャタピラは各種の地形を走行できるものとする。

現用戦車は用途に応じ、つぎのように分類されている。

軽戦車隊　歩兵にしたがい、これと緊密に連携して戦闘する。運動性がよく、運用上柔軟性にとむのが特徴である。

重戦車隊　歩兵と軽戦車隊のために進路をひらき、その集団威力と火力によって堅固な敵陣を撃破する。

戦車隊は歩兵の分科兵種である。これを中隊、大隊、連隊に編成し、修理、補給、応急修理班と運搬班をつける。

このころのフランスが代表するように、当時の戦車用法は各国とも、あくまでも歩兵中心の考え方をとっていた。ただ、フランスの場合、軽戦車隊と重戦車隊の併用をねらっていた。日本には、この重戦車隊が存在しなかった。

じつは、日本もフランスにならって、軽・重戦車隊の二本柱を考えていた。

日本に戦車隊が誕生した大正十四年、陸軍は戦車隊の将来像を構想した。戦車隊に対する考え方の原点といってもよいだろう。

「軍事機密第一一八九号」にこうある。

一、戦車隊の新設。戦車隊は国軍作戦上の必要よりこれが新設を見たるものにして、戦車の制式は予想作戦地の状態、輸送の難易にかんがみ、軽戦車（一〇トン以下）を主とし、重戦車（二〇トン級）をあわせ採用し、前者をもって（甲）大隊三個を、後者をもって（乙）大隊一個を新設せり。留守部隊たる戦車隊を新設す。

車輛区分表	大隊本部		中隊		大隊段列		大隊計（三個中隊と段列）	
	甲	乙	甲	乙	甲	乙	甲	乙
軽戦車			一六		一五		六三	
重戦車				七		六		二七
無線通信戦車			一				三	
乗用自動車	二	二	二	一	五	二	一三	七
戦車牽引用自動車			一	一			三	三
戦車輸送用自動貨車					一八		一八	
自動貨車	二	二	三	二	一二	七	二三	一五
予備自動貨車					二	一	二	一
側車付自動二輪車	四	四	二	二	三	二	一三	一二
自動二輪車	一		二		三		一〇	
修理用自動車					三	二	三	二
自転車			二	二		二	六	八

戦車部隊がフルに活動するためには、補給戦力、修理、救助、通信などの能力を充分に備えてなければ無理だ。上表のように、戦車隊の将来像ではそれも配慮していた。軽戦車大隊では、サイドカー、オートバイの配置を考えていた。甲乙大隊とも大隊段列（補給部隊）に一個中隊分の戦車とその搭乗員を用意している。

しかし、日本に

重戦車は登場しなかった。むろん重戦車大隊は実現しない。補給面も貧弱なものであった。しょせん理想像であり、絵にかいた餅に終わった。

ともかく戦車隊の理想像はあった。だが、その戦車をどう使うのか。しかも、歩兵中心の思想が底流にある。

昭和十一年、機動兵団視察団がヨーロッパに派遣された。団長は戦車学校の井上芳佐歩兵大佐、そして騎兵学校の工藤良一騎兵少佐、陸軍省の吉松喜三歩兵少佐らがメンバーであった。

日本のお手本であったフランスは、歩兵直協を建て前としていたが、重装甲で快速の戦車をもっていた。注目すべきはソ連だった。装甲機械化部隊の価値を重視し、機動性と戦闘威力のアップにつとめており、推定戦車数は五〇〇〇以上という強大な戦車隊をかかえていた。どの国も、歩兵直協か、それとも機動兵団というとらえ方による統一運用か、など二者択一的な考えはしていないのだ。そのいずれをも目ざしていた。

また井上視察団の報告に、次のようなくだりがある。

「対戦車戦闘に戦車を使用の趨向。英軍およびソ連においては、対戦車戦闘の最良の手段は、戦車をもって進んで敵戦車を撲滅するにありとなしあり。その他の諸国にあっても戦車にはかならず対戦車威力ある戦車砲を装備しつつあり」

日本では、戦車は敵の機関銃陣地を攻撃することを中心に考えていた。歩兵と一緒に行動するのが前提なのだ。一方、ソ連では、対戦車攻撃にもっとも有利なのは戦車である、と判断していた。事実、そのとおりであった。

昭和十六年夏から、ヒトラーのドイツ軍は、ロシア戦線ではソ連軍と、また、ロンメルはアフリカ戦線で、イギリス軍と戦っていた。この二つの戦場は、戦車対戦車の対決となり、火砲対装甲の戦いとなった。

ロシアでドイツ軍がぶつかったのは、ソ連軍のT34中戦車とKV重戦車である。

T34　重量二八トン、七六ミリ砲一、機関銃二、装甲六〇ミリ、時速五一キロ、乗員四。

KV型　重量四六トン、七六ミリ砲一、機関銃三、装甲一〇六ミリ、時速四〇キロ、乗員五。

ドイツ軍が昭和十八年になって登場させた「パンテル」I型戦車も、優秀な性能を誇る。重量四三トン、七五ミリ砲一、機関銃二、装甲一二〇ミリ、時速四三キロ、乗員五。

一方、アメリカは、アフリカ戦線の英軍につぎつぎ戦車を送った。

M3中戦車は、七五ミリ砲と三七ミリ砲をそなえ、機関銃二をもち、装甲板の厚さ五〇ミリである。これを改良したM4型（シャーマン）は、重量三〇～三四トン、七五ミリ砲一、機関銃三、装甲八九ミリ、時速四〇キロ、乗員五。ドイツ戦車にくらべ性能は劣ったが、数量で対抗したようである。すさまじい重火力と重装甲との戦いであった。

最後にぶつかり合ったのは、ドイツの「ティーゲル」とソ連の「ヨセフ・スターリン」II型であったという。「ティーゲル」は、八八ミリ加農砲をそなえ、装甲一五〇ミリ、重量七〇トン。「ヨセフ・スターリン」は、一二二ミリ加農砲で、装甲一六〇ミリ、重量四六トン。

そして、「スターリン」戦車の前にドイツは屈伏した。

ところで、アメリカの主力戦車M4型は、太平洋戦争終了までに、計四万九二三四輌が生産され、日本は、九七式中戦車の誕生した経過でも触れたが、主力戦車の生産台数は二四七二輌にとどまったのである。

第二章　北境から南溟へ

ノモンハン事件

日露戦争（一九〇四～五年）でロシアに戦勝した結果、日本は中国北東部（満州）に関東州と呼ぶ租借地と、南満州鉄道（満鉄）の付属地（鉄道路線を中心に幅六二メートル、延長約四三〇キロ）を得た。そして、この地域の警備のために清国の承認を得て、軍隊を置くことになった。

ともかくも、日露戦争のあと、日本は軍隊を海外に常駐させることになった。守備隊の人員は、条約によってとり決められた。たとえば、満鉄の警備要員は、一キロあたり一五人をこえない範囲と定められている。全体の人数は約一万人であった。「関東軍」の起源である。

昭和七年（一九三二年）に、日本は満州国を独立させ、これを承認。両国間に共同防衛の条約が結ばれた。こうして日本は全満州の防衛に責任を持つことになったのだが、これが諸外国の反発を呼び、日本の国際連盟からの脱退となり、太平洋戦争へと連鎖して行くのである。

当時の日本陸軍の仮想敵国の第一は、ソ連であった。ソビエト革命（一九一七年＝大正六年）後の混乱から立ちなおったソ連は、逐次、極東の軍備を増強した。例えば極東に配置された軍用機は、昭和八年には三五〇機だったが、三年後の昭和十一年には一二〇〇機になった、とされている。

これに対して関東軍も、急速に増強された。支那事変（昭和十二年）がはじまると、そのピッチはさらに上がる。最盛期の昭和十七年後半には、総兵力七〇万に達した。しかも、戦車師団や飛行集団を保有する最精鋭でもあった。私は、その関東軍の一員だったのである。

昭和十四年五月、満州と外蒙古の国境で、日ソ間に紛争が起こり、四ヵ月にわたる両軍の死闘が展開される。「ノモンハン事件」である。

ソ連は、人民共和国として一九二四年に独立した外蒙古との間に、一九三六年（昭和十一年）、相互援助条約を締結した。世界で初の社会主義国であるソ連は、外蒙古の防衛に、その面子《メンツ》をかけた。国境紛争の直接の原因は明らかでない。どっちが先に越境したのか。日ソ双方が、互いに非は相手方にあるとしている。しかし、実は国境そのものが、はっきりしないのだ。日本側は、ハルハ河を国境線であるとし、ハルハ河を外蒙古軍が渡河したことをもって、領域侵犯としているが、ソ連側は国境はハルハ河よりさらに東にある、としている。これでは、議論にならない。

発生の日時も、はっきりしない。関東軍は五月十二日説、ソ連は十一日説である。かの辻政信参謀は、当時、小佐で関東軍参謀であった。辻参謀は、もっとも強く十二日説を主張した人物である。ともあれ、ノモンハン事件には、いまもなお、謎の部分が多い。

　それはともかく、ノモンハン事件は、日本が初めて体験した近代戦であった。日露戦争は、海軍こそ、戦艦同士が主砲を撃ち合う砲撃場面を見せたが、陸戦は、ナポレオン時代と大差なかった。ノモンハン事件の二年前にはじまった支那事変の戦闘も、歩兵と歩兵がぶつかるものである。そして、機械化兵団が、ノモンハンではじめて激突した。

　第一次大戦（一九一四～一九一九年＝大正三～八年）を経験して近代戦を知ったソ連は、軍備の近代化を急いだ。そして、その西欧式の軍備の勇姿を、極東に現わしたのである。

　事件当初、日本の戦車隊はめざましい活躍をした。安岡正臣中将のひきいる第一戦車団は、歩兵直協の方針をとらず、独自に夜間の奇襲攻撃をかけソ連軍を蹂躙《じゅうりん》した。

　当時の日本の戦車の用法の主流は、歩兵直協であった。第一線歩兵に直接協同して、敵の重火器を制圧し、鉄条網を破り、突撃路をひらくのが役目である。したがって、戦車もその用法に合わせてつくられていた。それより先の昭和十一年、ヨーロッパ諸国の機動兵力を研究して帰国した井上視察団が、とくにソ連軍の機甲装備について注意をうながしていた。それが生かされないままに、日本軍は戦闘にまきこまれた。高初速の四五ミリ砲を備えたソ連戦車と、まともには戦闘できない状態であったのだ。

　井上視察団は、こう報告していた。

> ソ連軍戦車の特徴は、この形態小にして快速なると、独特の砲塔に優秀なる四五ミリ対戦車砲と無線器材を装備せるにあり。

戦車装備四五ミリ砲の重要諸元、左の如し。

砲身長　四四口径（二・六メートルとの説あり）

最大射程　五〇〇〇メートル

徹甲弾初速　約八〇〇メートル

発射速度　一分一二～二〇発（自動装塡式）

（この対戦車砲は、実際は四五ミリ四六口径だった）

昭和十一年七月にひらかれた、新戦車研究方針の審議会席上に提出された日本とソ連戦車の比較資料も、ほぼ次頁の表のようになっていた。

もっともノモンハンでは、ソ連戦車への攻撃で、火炎瓶戦法が成功している。ディーゼル戦車を開発した日本とちがって、ソ連のT26とBTがガソリン・エンジンである。肉攻班が、ガソリンをつめたビール瓶やサイダー瓶に口火をつけ、ソ連戦車に肉薄した。車内に気化したガソリンが流れているため、車体の隙間からはいりこんだ火炎で引火、爆発し、戦車はたちまち火を噴きあげたという。

しかし、戦車の性能が違うから、結局は苦戦である。そして、停戦。事件後にもうけられた陸軍の研究委員会では、総判決でつぎのように指摘した。

〈今日まで久しい間、火力の必要性が強調されながら逆に実現を期し得なかったのは、窮極するところ、第一次大戦の経験を有せず、単に文献によって研究したにとどまった我の認識不足が、不知不識の間に実行を不徹底にしたからである。今後は今次の機会に得られた火力に対する正当な認識に基づいて、編制装備、補給、技術、教育錬成など、あらゆる部門に対

名称	日本 九五式軽戦車	日本 八九式戦車	ソ連 T26戦車	ソ連 BT戦車
重量 (t)	6.5	12.0	約8.0	11.0
武装	37mm砲 1 機関銃 2	57mm砲 1 機関銃 2	45mm砲 1 機関銃 1	45mm砲 1 機関銃 1
装甲 (mm)	最大12	最大17	主要部13	主要部15
馬力	120	120	80	400
最高速度 (km／時)	40	25	35	装軌 55 装輪 70
乗員	3	4	3	2
全高 (m)	2.25	2.56	2.2	2.16
全長 (m)	4.3	5.74	4.56	5.35
超越壕幅 (m)	2.0	2.65	1.8	2.0

して飛躍的進展を期さなければならぬ〉

ハルハ河の東岸に展開、警備についていたのは、小松原道太郎中将の指揮する第二十三師団である。歩兵第六十四、第七十一、第七十二連隊を基幹とする。

歩兵第六十四連隊は、熊本で編成された。ノモンハンでは、山県支隊（山県武光連隊長の第六十四連隊を主力とし、師団捜索隊、同自動車隊を加う）として正面を担当、大苦戦をしいられ、しかも再編成されたあと、フィリピンに転戦を命じられたが、途中、輸送船が撃沈され、第三大隊を残して一三〇〇人が海没し、残る兵員もルソン島で壊滅した。第七十二連隊（宮崎県都城で編成）も、ほぼ第六十四連隊とおなじ運命をたどり、最後はルソン島バギオの山中で全滅。第七十一連隊は、広島で編成された。この連隊もたびかさなる肉弾攻撃で、全滅に近い打撃を受け、これもまた、ルソン島で全滅する。

関東軍の多くは、太平洋戦争が激化するとともに、南の島々に転送された。サイパン島に配備された私たち、戦車第九連隊も例外ではないのだが、とくに、ノモンハン事件を経験した部隊は気の毒である。北境と南溟で、二度も壊滅的な被害を受けたのだ。兄をノモンハンで、弟をフィリピンで失った家族を私は知っている。

第二十三師団を主力とする日本軍の編成は、つぎのとおりである。これは、安岡中将の指揮する安岡支隊（戦車二個連隊―第三連隊、第四連隊―と、第七師団の歩兵一個連隊）を含む。

歩兵　　　　一三個大隊
対戦車火器　一一二門
飛行機　　　一八〇機
自動車　　　四〇〇輌
戦車　　　　七〇輌

一方、関東軍は相手側の戦力をつぎのように推定した。

歩兵　　　　九個大隊

火砲　一二〇門
飛行機　一五〇機
自動車　一〇〇〇輛
戦車　一五〇輛

しかし、ソ連側の兵力は、それを大きく上まわった。辻参謀はのちに、数百輛の戦車があった……と書いているが、これは負け戦を弁解するための誇張がまじっているかもしれないが、のちのソ連側の資料によると一キロあたり、戦車と自走砲を合わせると、約四〇輛の密度であったと推定できる。戦車と装甲自動車を合わせると、ノモンハン地区に配備されたソ連側の兵力は、約五〇〇輛だった。

数量のうえでも、また、これまで再三書いたように、その質のうえでも、日ソ間に大きな差があったのである。「ノモンハン」は、端的にいって、日本陸軍の完敗であった。

さらにショッキングなことがかさなった。ノモンハン事件の翌年にあたる昭和十五年九月、装甲一〇個師団を先頭にたてたドイツ軍はオランダ、ベルギーをたちまち屈伏させ、世界最強の陸軍を誇っていたフランスまでその軍門に降った。装甲師団による電撃作戦に、日本はふたたび驚かされた。戦車の威力が大きくクローズアップされてきたのであった。

そして、日本でもようやく機械化兵団の必要が認識されはじめた。ノモンハンでの敗戦は深く秘匿されていたが、真相を知る軍事当局者は戦車の強化をはかったのである。関東軍に戦車二個師団が配置されたのは、昭和十七年七月である。戦車隊が登場して一八年目に、ついに戦車師団が生まれたのだ。

私が北満・東寧の戦車第九連隊に配属されたのは、昭和十七年である。

前年八月の徴兵検査で甲種合格となり、二ヵ月後に徴兵通知書を受け取った。少年時代から夢みていた、戦車兵への手がかりをつかめたような思いでこおどりした。

軍国日本の小学校では、つねに戦車の話が教材になっていた。支那事変で活躍した西住戦車隊長の話を教えられて胸が高鳴り、『敵中横断三百里』の武勇談を聞いては興奮し、戦車に憧れ、軍人になるのが、当時の少年たちの夢であった。

機械いじりが好きなところから、大阪の都島工専・機械科を選んだのだが、少年時代の夢はさらに具体化し、戦車兵をめざすようになった。昭和十四年、少年戦車兵学校が発足した。しかし、私は視力ではねられるのを心配して、徴兵検査まで待った。

大阪・泉南部の春木で行なわれた徴兵検査には、一〇〇人の青年が集まっていた。私は、体格検査もずばぬけた成績を得た。三〇キロの土嚢を持ち上げる回数を競い合い、六二回を記録して徴兵官を驚かせた。当時、京都の青年が六三回で記録保持者だったという。

頑健な肉体が、のちのジャングル生活にも耐えぬけた理由だと思う。

「希望兵科は？」とたずねられ、何のためらいもなく戦車兵とこたえた。徴兵官は一瞬、けげんそうな表情をした。無理もない。日本陸軍に戦車師団が誕生する前年のことである。まして日本では、つねに歩兵が戦場の王者だったのだ。

徴兵通知書を受け取った約二ヵ月後、太平洋戦争が起こり、緒戦の日本の進撃ぶりは目覚ましいものがあった。心がはやった。

昭和十七年一月十日、兵庫県・青野ヶ原の戦車第六連隊に入隊した。三ヵ月間にわたる初年兵教育が実施され、厳しい訓練ではあったが、待望の戦車兵になることができたうれしさで、すこしも苦痛ではなかった。

戦車兵一人を育てる費用で、歩兵一個中隊が養成できる、といわれる。その費用には時間的要素も含まれているのだろうが、裏がえしていえば、それほど多様な技術を身につけるよう鍛えられるわけである。

さまざまの訓練の初歩段階で、初年兵たちは酸素溶接用マスクを顔に当てながら、ひっきりなしに駆け足を要求される。

当時の戦車で外部の状況を知るためには、天蓋を開け半身を乗り出すか、車体の前部にある覗視口を利用する以外にない。戦闘中に天蓋を開放することは滅多になく、葉書一枚ぐらいの視界から外部の様子をうかがうことになる。しかし、これも銃弾がとびこむ可能性があるので、戦闘中は閉じてしまう。ほんの数ミリ程度の隙間しか利用しない。

溶接用のマスクは強度の熱を防ぐために、目の部分はわずかしか開いていない。戦車兵の訓練には、格好のもの

満州時代の著者。昭和17年、北満・東寧の戦車第九連隊に配属された。

と考えられたのだろう。ほとんど目隠しさせて走らせるようなものだ。しかも凸凹道を縦隊になって走るのだから、将棋倒しを何度もくりかえしたものだった。

やっと一人前の戦車兵となり、青野ヶ原から北満・東寧へ。そしてサイパンへの道をたどることになるのだが、青野ヶ原時代から行動をともにした同年兵一二〇人のうち生き残ったのは、北浦照之、中井茂雄の両氏らと私、わずか四人である。余談になるが、青野ヶ原には、戦後、自衛隊のホーク基地が建設された。国を守る、という気概にもえ、青春の一時期を送ったこの山地に、自衛隊が駐屯しておなじ任務についていることは、いまの私にとって感無量である。

関東軍、対ソ戦を準備

戦車第九連隊は、ノモンハン事件のあと、既存の戦車部隊を基幹として作られた部隊であった。当初は二個中隊しかなく、連隊長はさきに触れたように、比島戦線で悲惨な戦死を遂げた重見伊三雄少将（当時、大佐）だったが、私たちが配属されると同時に、五島正中佐と交替した。

昭和十六年五月に独ソ戦が始まったが、日本は、日独伊軍事同盟（昭和十五年九月）を結んでいるので、北への備えも万全でなければならない。米ソ提携も予想される日ソ不可侵条約が存在しているものの、場合によっては対ソ開戦の事態を迎える可能性もあった。しかも支那事変も継続しているから、三正面作戦をとらざるを得ない状態を考えねばならなかった。

また独ソ戦で、日本の外交は微妙な立場においこまれており、独ソ開戦後の昭和十六年七月、対独ソ通告文の内容も、つぎのような内容のものが課せられている。

対独

一、日本は独逸《ドイツ》と共に赤化の脅威と戦うため、ソ連に対しあらゆる準備を進めている。

二、特に東ソの情勢を注視し、共産組織の破壊を決意している。またソ連牽制のため、戦備の増強その他に留意する。

三、南部仏印に基地を獲得し、米英に圧力を加えつつ牽制する。

四、南方に対する努力は、軽減することなく継続する。

対ソ

一、独ソ戦に重大な関心を持ち、当惑を感じている。

二、独ソ戦の速やかな終結と、戦局が極東以外に局限されることを切望する。

三、我が対ソ政策は、同盟国に対し誤解を生ぜしめないことにある。

四、日本は同盟国と信頼を維持し、ソ連とも良好な関係を継続することを切望する。

微妙な二面外交であった。しかし、対ソ戦の準備は、ひそかに進められていた。

昭和十六年六月二十四日の「情勢の推移に伴う帝国国策要綱大本営陸海軍部案」のなかには、つぎのように書かれている。

北方問題解決の趣意

「独『ソ』戦に対しては、三国枢軸の精神を基調とするも、暫く之に介入することなく、密かに武力的準備を整え自主的に対処す」

「独『ソ』戦争の推移、帝国のために極めて有利に進展せば、武力を行使して北方問題を解決し、北辺の安定を確保す」（同要領の三）

対ソ戦の準備が進められていた。南では太平洋戦争の危機をはらみながら、昭和十六年七月上旬から、北方への動員令が発令された。

この対ソ戦準備は「関東軍特別演習」と名づけられ、略して「関特演」と呼ばれた。開戦意図をできるだけ秘匿しようとしたために、壮行会や歓送行事もいっさい禁止し、「動員」も「臨時編成」と言いかえた。関特演によって五〇万の兵士と約一五万頭の馬が関東軍に増強されたという。

この年の十二月、日本は太平洋戦争に突入したのだが、この翌十七年後半、すなわち、この戦争の第一段階の南方作戦の目鼻がついた時期に、戦車師団が関東軍に作られた。

新設された関東軍の戦車二個師団（四個旅団）は、総員約一万三八二〇名、戦車八個連隊を基幹とし機動歩兵連隊、捜索隊、速射砲隊、機動砲兵連隊、防空隊、工兵隊、整備隊、輜重隊などで組織されていた。

師団編制は、つぎのようになっていた。

戦車第一師団（師団長・星野利元中将）

戦車第一旅団

戦車第一連隊

戦車第五連隊

戦車第二旅団

戦車第三連隊
戦車第九連隊
戦車第二師団（師団長・岡田資中将）
戦車第三旅団
戦車第六連隊
戦車第七連隊
戦車第四旅団
戦車第十連隊
戦車第十一連隊

機動歩兵は、四七ミリ対戦車砲を装備し、装甲車、装軌車で行動、戦車と協力することが可能であった。師団ごとに、この機動歩兵が直属としてついた。例えば、戦車第二師団には機動歩兵第二連隊というふうについた。この連隊は、三重県津市で編成され、のちに、フィリピンに派遣されたが、ルソン島のクラーク飛行場周辺の迎撃戦で壊滅した。

捜索隊は軽戦車三個中隊、歩兵一個中隊、砲戦車一個中隊と整備中隊で師団の捜索警戒にあたるのが任務だ。

速射砲隊は三個中隊と整備中隊、四七ミリ対戦車砲一八門。機動砲兵連隊は機動九〇式野砲一個大隊（三個中隊）と一〇センチ榴弾砲二個大隊（六個中隊）合計三六門、防空隊は機関砲と高射砲六個中隊、工兵隊は六個中隊である。

各隊とも装軌車の使用によって、戦車といっしょに行動できることになっている。

師団の中心となる戦車連隊は、

本部

軽戦車一個中隊

中戦車三個中隊

砲戦車一個中隊

整備一個中隊

編制表の上では、堂々としたものであった。しかし、実態はそれほど立派なものでなかった。もともと、日本は太平洋戦争の終了までに、ほとんど砲戦車が完成していなかった。第九連隊がサイパンへ向かった時点でも、砲戦車は日本からとどかなかった。

昭和十七年十月、閑院宮春仁王は、戦車第五連隊の連隊長を拝命した。『私の自叙伝』(閑院純仁著・人物往来社)には、つぎのように書かれている。

着任したころの戦車第五連隊は、前年来の臨時編成下令で人員戦用資材などは大いに充足されていたが他面、機甲軍の新編成による部隊の拡張にもとづく未充足の面があり、これが交錯して、過渡期の状態にあった。新編成による充足は、翌十八年春にかけて着々と実施されるはずのところが、太平洋方面の戦局の事情から、まったくストップしたのみでなく、翌十八年六月ころから逆にどんどん現有の人員、資材まで取り上げられることになった。

連隊は本部と軽戦車一個中隊、中戦車三個中隊、砲戦車一個中隊および整備中隊、戦車は一三輌、自動車七〇輌が定数だが、実際には戦車は五七輌、しかも砲戦車は一輌もない。また自動車は数においては定数だけあるが、編制上は全部が装甲軌道車輌であるのに、現在は全部が普通自動車をもって代用されている状態であった。

実態はともかく、戦車八個連隊が満州東部のソ満国境に配置された。戦力不備を補うためには、無形の要素を重視していかねばならない。その中心となるのが「攻撃精神」だ。大正の末期から昭和のはじめにかけてつくられた戦術の典範令、戦略教典類は、いずれもこの攻撃精神が基調になっていた。

満州事変、支那事変では、その無形の要素でかためられた陸軍がその力をフルに発揮し、世界に日本陸軍の名を高めた。しかし、それは近代的戦闘ではなかったから通用したのだ。その後ノモンハン事件でにがい体験をした。それでも無形の要素を重視せざるを得ないのが日本軍の宿命であったのだ。

昭和十七年七月に発令された関東軍の戦闘教令（要旨）も、やはり無形の精神的要素が色濃くにじみでたものであった。

第一　つねに圧倒的気魄を以て猛烈に敵を攻撃すべし。

一、堅固な攻撃精神をもって戦闘に従事するを要する。

二、戦闘開始の暁には、直ちに敵陣に殺到し、速かに完滅すべき圧倒的気魄を平素から涵養せねばならぬ。

三、ソ軍の頑強なる抵抗を覚悟し、難局に際していよいよ闘志を昂揚することが必要である。

第二　企図を秘匿し、準備を周到にして戦闘に臨むべし。

第三　殲滅戦を成立せしむる如く分断包囲の戦闘行動に慣熟すべし。

一、ソ軍は靭強性に富むので、包囲圏のごときも火砲の射程内に圧縮した程度で屈伏を期待するのは過望である。機関銃威力圏内から更に進んで白兵主義によりとどめを刺す域に到るを要するとの考えを必要としよう。

二、ソ軍は包囲されても必ず活発な解囲攻撃を行うように訓練されているので、これに対抗し得る心構えと処置が必要である。

第四　突進戦闘力を維持増進し、以て攻撃戦闘経過速度の増大に勉むべし

なるべく正面力攻を回避し、迂回または弱点攻撃につとめることを強調する反面、戦闘経過中に遭遇する執拗な組織的抵抗には、「随所に各部隊の戦闘力を統合発揮して迅速に突破を完成するを要す。之がため部隊の編合を適切にして機動と火力戦闘との節調を合理的ならしむると共に昼夜連続、不断の突進を敢行すること特に緊要なり」と注意を喚起していた。

第五　戦闘の全経過を通し、統合戦闘力を組織的に発揮すべし。

第六　空地協同戦闘の観念に透徹し、之が綜合威力の最高度発揮に勉むべし。

第七　対空・対機甲・その他に対する戦闘を準備すべし。

教令では、対機甲戦闘について、航空機および対抗火器（速射砲・軽砲・自動砲・高射砲）がきわめて寡弱である事実を指摘し、「皇軍独自の境地を有する内薄攻撃戦法の妙用発揮により、飽く迄も敵戦車を撲滅せざるべからず」と明示している。

第八　戦場軍紀を厳粛にし、皇軍の威武を顕現すべし。

右に引用した文章にも「殲滅」という用語が出てくる。戦後公開された戦時中の文書をみると、大本営と軍（現地軍）、あるいは軍と前線部隊の間で交わされた電報の随所に「殲滅」という言葉が用いられている。「われ、敵を殲滅せんとす」——言葉としては、大変耳ざわりがいい。しかし、これは決意を述べたものであって、敵に勝つ方策を述べたものではない。作戦の策定にあたって重要なのは、決意ではなくて、勝ち得るための手段であるはずであるにもかかわらず、勇ましい文章を駆使して、手段をごまかしているケースが多い。

日本の軍隊は、この決意だけが先走って、しばしば失敗した。ノモンハンもその一例である。国を守るという気概は、いうまでもなく大切であるが、守る手段としての装備がどうなのか、これを精密に点検しなければならない。相手を知り、おのれを知り、攻撃を目途とせず、攻撃への対応と最小限の有効な反撃を想定することが、専守防衛である。

科学的なデータ、兵器の諸元にもとづく分析によって、国を守るのである。これが国際間の紛争を防ぎ、不幸な戦争を引きおこす抑止力となるのである。自衛隊はそのためにある。

私は、攻撃精神のみを強調された自分の体験をかえりみて、いまそのように考えている。

勿論、科学的に完璧な装備だけでは、意味がない。その装備を最大限に発揮させるためには、兵員の訓練が必要であることは、いうまでもない。装備の格差があるとすれば、それを埋めるのは、国を守るという気概と、日常のたゆまぬ訓練を待つほかはない。

対ソ戦を想定した関東軍の壮絶な訓練が開始された。戦力の不足を補うには、これも無形の要素である、軍の練度を高めなければならない。

第一線部隊は、常識として困難な悪天候、夜間の練成を励行するなど、全軍一体、ひたむきに研究、訓練をつづけた。かくて研究訓練をかさねるうちに「初め戦理上不可能と思われた攻撃計画もいつしか成功必至という気持になった」と、当時の幕僚も述懐しているという。

酷寒と酷暑の満州の原野で、訓練は四季を通じて行なわれた。私の所属する戦車第九連隊第三中隊の訓練は、そのなかでも群をぬいていたのではないだろうか。隈部広雄中隊長のすさまじい訓練が、私たちを精強な戦車兵に仕上げていった。

真夏の「昼夜転倒演習」は、文字どおり夜と昼が逆転した生活であった。

真夏にあたる六月から七月にかけて、兵舎を離れ野営をつづける。夜間戦闘にそなえる訓練のため、真っ昼間に就寝し、夜間に演習がはじまるのだ。日中の気温三五度、夜は六、七度。焼けつくような暑熱の幕舎では、とても充分な睡眠がとれるはずはない。

陽が落ち、朝食をとると戦車を走らせるよう命じられた。五〇メートル程度の車間距離をとり、前の戦車の尾灯だけをたよりに行進をしいられる。襲ってくる睡魔に、前方のわずかな赤い尾灯を、ともすれば見失う。二〇〇メートルの車間距離を指示されると、全神経を目に集中していなければ、とうてい追尾できない。

フルスピードで走行中に、操縦手と銃手が交替することも要求された。操縦手が戦死した想定の訓練で、機敏な動作をせまい車内でもとめられる。夜間誘導実習は、あのサイパンの総攻撃のさい、随分、役立った。ひとりが車外に出て、白いハンカチをふりながら戦車を誘導して行く。夜間、ジャングルをこえ、集結地点まで戦車を誘導するさい、私は満州の演習を思いだしたものだった。

紅白に分かれ、歩哨が仮装敵の戦車を発見する距離によって優劣を決める演習もある。敵に接近すると、キャタピラに廃油をしめらせたり、荒縄をまきつけて音を消し、エンジン音をできるだけ押さえて近づく夜襲の訓練だ。こうした演習を一晩中くりかえし、夜が白むころ幕舎にひきあげる。

目かくしをしての機関銃の分解、組み立ての訓練は、夜間戦闘にそなえたものであった。

日露戦争で、日本陸軍は夜襲によって、なんどか成果をあげた。これは、無形的要素を尊重する歩兵中心主義の思想とも結びつき、夜襲戦法は全軍訓練の重点課目となっていた。

昭和七年に定められた「対ソ軍歩兵戦闘」でも、夜闇の利用を重視し、ソ軍の狙撃（歩兵）一個大隊による一五〇〇～二〇〇〇メートル程度の縦深陣地を一挙に突破するという思想を明示していた。

夜襲と関連し、黎明、薄暮時における攻撃も推奨していた。黎明、薄暮攻撃は、北満特有の天候を利用し、こちらは視界がきき、敵側は重火器射撃が困難な中距離（四〇〇メートル前後）から、狙おうとしたものだ。

夜間の戦闘方式に大きな影響をもたらしたのが、ノモンハン事件だった。

その約一年前の国境紛争、張鼓峰事件（昭和十三年七月中旬～八月中旬）のさい、日本の歩兵一個大隊が夜襲でソ連軍を撃破したが、翌年に起きたノモンハン事件では、日本の夜襲にそなえ、ソ連軍が完全に防御体制をつくりあげていた。トーチカ陣地に照明施設を配置し、自動火器、軽砲、対戦車砲を準備して、障害物も強化していた。

近代戦では、だいたい各国とも、夜間を部隊の集結・連絡など、つぎの作戦の準備にあてる傾向になっていた。しかし、日本軍は夜間を戦闘に利用する方針をかえようとしなかった。やはり「以寡撃衆」のための奇襲戦法なのか、それとも日清、日露戦争以来の白兵主義の所産だろうか。

しかし、日本軍の夜襲は、慣用戦法として各国に知られていた。だから、サイパン戦でも米軍は充分に備えており、くりかえし行なった夜襲はたえず失敗に終わった。ノモンハン事件のソ連軍にならって、米軍も照明を存分に利用し、われわれを迎え撃ったのである。

対ソ訓練で、もうひとつの重点は、冬期演習だった。

北方民族であるソ連軍は、冬期戦でその能力を存分に発揮し、酷寒時でも活発な攻撃をしかける。積雪一メートル程度で風がとくに強くなければ、師団以上を動員した作戦も可能といわれていた。事実、独ソ戦線で昭和十七年十一月中旬からはじまったスターリングラードの反攻は、一日平均約二〇キロの進撃をつづけた。各国にとって天敵の冬期が、ソ連軍にとっては最大の援軍となるのだ。

関東軍の冬期作戦に対する考え方も、大兵団による攻勢作戦は避けることが基調になっていた。体質的に、日本軍が行動するのは、無理と判断していたからであろう。それでも、全将兵に対して冬期の野外勤務に耐えられる能力をそなえさせ、一個師団程度の兵力による攻勢は可能にしようと目ざしていた。

零下四〇度、酷寒の原野で行なわれる冬期演習のつらさは、想像を絶するものである。雪原を走る戦車は、凍りつくような風を車内に吸いこむ。夜営では、戦車のエンジンが完全に冷えきってしまう。命令があれば、ただちに始動できるように、自分たちの就寝用の毛布を使ってエンジンを暖めた。そして、二時間おきに三〇分程度、エンジンを暖めるためにかけっぱなしにする。

結局、われわれは眠ることができない。戦車に毛布をとられ、氷をまとっているような寒さに震えながら夜を明かす。それほどまでにつらい思いをしながらも、戦車に対してますます愛着を感じるのであった。

北満の荒野で猛訓練

原野が凍結する前の秋季には、森林通過演習がはじまる。

二〇キロから三〇キロにおよぶ未踏の原生林地帯を、できるだけ短時日で突破するのが、ねらいである。斧と鋸を車内に用意し、太い樹木には楔《くさび》を入れて切り倒し、ときには戦車で押し倒しながら前進する。夜営では、狼の恐怖にさらされる。火を絶やさなければ心配はないのだが、敵に発見されるという理由から、火はいっさい許されない。無気味な鳴き声を身近に聞き、窮屈な車内で息をひそめて夜を明かす。

雪が溶けだすころには、湿原通過演習が行なわれる。

ツンドラ地帯に戦車を走らせると、一五トンの重みで泥地にのめり込んでしまう。用意した二本の電柱を梃子《てこ》がわりにキャタピラの前部に添え、ぬかるみから這いあがらせる。車外作業なので全身泥まみれだ。五〇メートル前進させるのに何時間もかかるという難作業である。一日二〇〇メートルの前進が限界であろう。

満州の原野には、いたる所に大湿地がある。これは、ただの泥濘地ではなく、かなりの水をたたえている。その湿地には「野地坊主《のじぼうず》」と呼ばれる水草が群生していた。

関東軍は、こうした湿地帯を利用した攻撃をねらっていた。まともにトーチカ地帯にぶつかるだけの突破戦力はないから、後続の兵力も期待できない。そこで湿地帯から突入して、ソ連軍の虚を衝こうという戦術である。そのための湿原通過演習であり、森林通過演習であった。

一二時間の連続運転も要求された。まる半日、戦車を休みなく走らせるのだから、四人の乗員が交互に休息をとらないかぎり、やれることではない。したがって全員が戦車の操作に精通していなければならなかった。勿論、燃料の補給も戦車を走らせたまま行なうのである。のち、第三中隊の隈部中隊長は、「訓練でつねに極限の状態をもとめた」と述懐している。「訓練は秋霜烈日《しゅうそうれつじつ》、戦場では春風駘蕩《しゅんぷうたいとう》を目ざした」とも語る。

隈部中隊長の、このきびしい訓練方針は、戦場で、本当に生死を賭けるのは、短時間である。そのさいの瞬発力は、肉体的にも精神的にも、限界まで追いもとめた訓練の成果が凝集されるものである、という認識にたっていた。

隈部広雄中隊長（陸士五四期）は皇国史観で知られる平泉澄・東大教授に私淑し、その純粋な人柄が隊員をひきつけていた。隊員たちにきびしい訓練を課するだけでなく、つねにみずから先頭に立った。

暗夜の無灯火訓練では、縦隊の最前部に中隊長車をおき、高速行進を命じる。月のない夜に、わずかな視界を利用して高速で戦車を走らせるには、極度の集中力をもとめられる。いつ、どのような障害物が、突然、出現するかもしれない。大事故をひき起こす危険と、たえず隣り合わせであった。中隊長は、このような苛酷な条件下に、ひたすら高速走行を要求した。九七式中戦車の最高時速は、三七キロである。そして、第三中隊では、夜間も三五キロの高速行進が可能なまでの練度に達していた。

「中隊長車につづけ」と、必死になってフル・スピードで突っ走るのだから、暗夜では事故発生率も高い。

中隊長は、後続車を叱咤しながら、自分の戦車の速度にいら立って、みずから操縦桿をにぎったとたん、巨岩に衝突した。とっさに戦車を四五度ちかくまで傾けて通過し、前進をつづけたが、夜明けに帰隊すると、戦車服は血まみれであった。衝突のショックで顎を五針も縫う傷を負っているのに気がつかなかったという。

射撃練習でも、きびしい精度を要求された。朝、白々と明けるころから、日がトップリと暮れるまで、ひっきりなしに戦車砲を響かせた。弾薬の節約令が出されていたが、ソ満国境の最先端に位置している戦車第九連隊は例外だった。

戦車と兵士たち

もともと戦車砲（戦車搭載砲）の射撃は「停止射」「躍進射」「行進射」の三種類に分かれている。

戦車をとめて発射する停止射は、九七式中戦車の五七ミリ砲の場合に、射距離六〇〇メートルで一〇〇パーセントの命中率を要求していた。前述のようにサイパン島で、斎藤師団長を感激させた百発百中の成果は、このころのすさまじい射撃訓練で培われたものである。

躍進射は、車内の四人の呼吸がピッタリと合わなければ、とうてい無理である。車長は操縦手に対し、砲手が照準を決めやすいように方向を指示する。操縦手は、戦車を走らせながら、指定どおりの位置に到達したと判断した瞬間、ギアをぬくか、クラッチを切って徐行する。これと同時に、砲手は射撃を開始する。戦車のスピードを落として、命中率を高めようというわけだ。

車載機関銃をかまえている前方銃手も、同時に射撃を開始する。おたがいが違った位置にあるから、ピッタリと呼吸が一致していて、はじめて命中率が高くなる。

何度も何度も、おなじ訓練をくりかえした。その成果は、約一〇キロの速度で横行する戦車に対し、一二〇〇メートルの射距離から九発撃ち、五発までが命中する練度に達した。

当時の戦車砲は、手もとで一ミリ狂うと一〇〇メートルの距離で弾着時には一メートル違った。五割を越える命中率は驚異的といえるのである。

ところで、九七式中戦車では、機関銃手にも高度のテクニックがもとめられた。

戦車にとりつけてあった口径七・七ミリの九七式車載重機関銃は、連続射撃すると銃身が焼きついてしまう欠点を持っていた。それなのに、車載銃のため、ふつうの機関銃のようなベルト式給弾ではなく、二〇発の箱型弾倉を使用した。

引鉄《ひきがね》をひくと、たちまち二〇発が連射され、銃身が焼けつく。そうした欠点をカバーする方法として、三発点射を要求された。引鉄をいったん絞ったあと放せば、三発だけがとび出すのだ。工夫したすえに生みだされた知恵だったのだろうが、その間《ま》のとり方は、なかなかむずかしい。

　あのきびしい隈部中隊長は、演習が終わると全く別の人間になった。一升瓶をかかえて隊員たちの間に割ってはいり、長期間の夜営では幕舎の留守番役を買って出て、隊員たちには兵舎に帰り入浴するよううながした。支那事変で金鵄勲章を得た古参下士官たちも、隈部隊長の表裏のない行動に心服していた。

　彼は、第九連隊のなかでも、名物中隊長であった。彼が週番司令の夜は、一晩に五回も非常呼集をかけることがあった。

　深夜、ラッパの音にとび起き、軍装をして点呼を受ける、車廠から戦車を引き出す準備を命じられることもあった。ふたたびベッドにもぐり込む。三〇分たったかたたないうちに、またラッパが鳴り響く。凍てつくような夜に、体がようやく暖まった瞬間、非情なラッパを何度も聞かねばならなかった。

　ある日、野外演習で衛生管理の不備な食事づくりから隊員のほとんどが腹痛を訴え、高熱症状をおこして大部分の者が倒れた。隈部隊長もおなじような症状で、苦痛に耐えている表情がうかがえた。しかし、「演習を休むのさえ許されないのに、治療など甘んじて受けることはできない」と手当てを断わった。そして、一人絶食をつづけ回復した。

　第三中隊の隊員たちは、精鋭関東軍のなかの最精鋭をもって自ら任じていた。隈部隊長は、対ソ開戦のさいに第三中隊を国境突破の尖兵中隊にしてほしい、と申し出て、師団長の承諾を得ていたという。

「最高の練度に達した、強力な戦闘集団が成立していた、といまでも自信をもっていえる。強靭な男性集団であった」と、彼は懐かしむ。

その集団のリーダーとして、つねに彼は「この部下たちと、いつでも一緒に死ぬことができるか? 中隊のだれよりも先に、自分が死ねるか?」と自問しつづけ、自らを律したという。

隈部隊長は有能な指導ぶりを買われ、少年戦車兵学校の教官として内地に転属になった。後任は、サイパンで戦死した西館法夫中隊長である。運命が二人の生死を分けたのだ。

隈部隊長は戦車第九連隊のサイパン移動を知って、内地で歯ぎしりした。そして、きたえ抜いた部下のほとんどが玉砕し、自分だけが生き残った苦悩に、戦後もさいなまれつづけた、と告白している。

関東軍を南方に転用

北方で対ソ開戦を想定し、緊迫した空気のなかで演習がつづけられているうちに、南の戦況は急速に悪化していった。昭和十七年後半から連合軍の反攻は、十九年になるとさらに激化した。

マッカーサー指揮の米豪連合軍は、ニューギニア北岸沿いに急進をつづけていた。一方、ニミッツの米中部太平洋艦隊は、二月中旬にマーシャル諸島を陥し、さらに西進のかまえを見せていた。日本列島の外郭に敷かれた国防ライン、絶対国防圏は危機にさらされていた。南の兵力を増強しなければならない。昭和十九年二月、大本営陸軍部は、関東軍総参謀長と朝鮮軍参謀長を招いて、兵力抽出を要請した。対ソ関係も一触即発の危険をはらんでいたが、まず南の守りをかためようとしたのであった。中部太平洋方面に派遣する兵力約四九個大隊のうち、二十数個大隊を北から転用しようというものである。

この要請に対し、関東軍総参謀長は、「このような情勢緊迫したとき（兵力を）抽出されることについて、少しも御遠慮はいらぬ。しかし、今すぐとはいわぬが、日ソ戦生起の場合を考え、その限度を決めていただきたい。また抜けたあとの補充を、早くしてほしい。抜きうる限度は、あと三個師団たらずと思う」と答えたという。

北の守りをまかせられていた関東軍にとっては、当時の戦局からみて兵力抽出はやむを得ないこととしても、やはり不安である。

関東軍総司令官・梅津美治郎大将は、二月二十二日、各軍、各師団参謀長を新京に集め、第一～第七派遣隊などの編成派遣を発令した。第八派遣隊は、北鮮に駐屯中の第十九師団で編成された。

このとき、梅津総司令官が全軍にあたえた訓示がある。兵力をさかれることによって不安をあたえないよう、配慮しているのがうかがわれる。

現下大東亜戦争は、いよいよ悽愴《せいそう》苛烈《かれつ》を極め、まさに皇国興廃の関頭に立つ。今や一億一丸、各々その全力を傾倒し、楠公精神に徹して七生報国を致すの秋《とき》なり。

関東軍は本大戦の一翼として、北辺鎮護の大任にいささかの虚隙《きょげき》なからしむると共に、帝国の戦争遂行上、有形無形のあらゆる寄与貢献に遺憾なきを期す。之がため兵力資材の抽出、転用、補充、交替、改編など屢次《るじ》かつ頻繁に実施せらるべしといえども、これ変転きわまりなき戦局に対処して、よく戦勢の主動権を確保すべき臨機の措置として、やむを得ざるところにして、毫末も北方情勢の緩和を意味するものにあらず。むしろ情勢は大東亜戦局の進展と相俟って刻一刻、実質的緊迫度を加えつつあるを深く銘肝するところなかるべからず。

重大任務を付与せられて勇躍外征におもむく者も、北方有事に備えて営々よく作戦準備ならびに訓練に専念する者も、関東軍伝統の精強と矜持《きょうじ》とを保有し、万難を排し千苦を凌ぎ、鉄石不動の心腸を以て沈着冷静に各自の任務に奨順し、決死、本領発揮を期すべし。

右、訓示す。

関東軍は大量の部隊転用を「ロ号演習」と名づけ、ソ連と連合軍に気づかれないよう極度に神経をつかいながら、「関特演」で、ひそかに集めた兵力をふたたび、ひそかに分散させようとした。

関東軍の各派遣隊および高射砲部隊、独立自動車第二百七十八中隊は、二月二十五日から同二十九日までに、それぞれの駐屯地を出発して釜山に集結した。そしていったん内地により、船団を組んだあと中部太平洋方面へ向かう。

各派遣隊の行先は、つぎのようになっていた。

第一派遣隊（ポナペ、のちサイパン）
第二派遣隊（モートロック）
第三派遣隊（エンダービー）
第四派遣隊（ヤップ）
第六派遣隊（グアム）
第七派遣隊（メレヨン）
第八派遣隊（トラック）

高射砲第二十五連隊と野戦高射砲第五十二大隊は、一部を除いて各派遣隊と同行した。

東部ソ満国境の東寧にいた戦車第九連隊も、三月八日に編成を終えた。三月二十日に釜山を出港し、宇品、神戸、和歌山県御坊を経て、三月二十七日に横浜港に到着した。

当時、私の家族は和歌山にいた。満州からの二年ぶりの帰国であったが、行先も知らされないままの転戦だった。瀬戸内海を進む輸送船の船上から、故郷の母や弟たちをしのんだことを記憶している。


南方への兵力抽出で、関東軍は一挙に弱体化した。各師団に残った歩兵中隊の将校は、中隊長または中隊付将校一人か二人となり、火砲を一門も持たない砲兵隊ができたという。

昭和二十年八月八日、いきなり対日宣戦をしたソ連軍は、なだれをうって攻め込んできた。精強をうたわれた関東軍は、このときもはや虚ろであった。

ところで、内地にいた隈部隊長は、戦車隊の南方転送に驚いたという。

関東軍は、対ソ戦に集中して訓練していた。戦車隊も広大な満州の原野での戦闘を想定して演習をつづけていたのだ。対米戦法に習熟していないのに大丈夫だろうか、と懸念したそうである。

その予想は適中した。

われわれは、孤島防衛の訓練をうけていなかった。せまい島嶼での戦車戦闘などは、予想もしていない。そのために苦戦したのである。

第三章　地獄の島の死闘

全戦車擱座、炎上す

もう二日間、なにも食べていなかった。

午後三時過ぎ、米軍の銃声が近くで聞こえた。敵は、どうやら頂上付近まで、到達して来たらしい。銃声の方向に機銃を据え、応射した。

戦車の機銃は、二〇発をひとつのケースにおさめた箱型弾倉になっている。私は戦車から脱出したとき、それを懐に一〇個ほどつめていた。これらを撃ちつくしたあと、部下に弾薬箱を出せ、と命じた。「捨ててきた」と言う。前夜、山をはい登ったときに、邪魔なので放り出してしまった、というのだ。弾丸のない機銃で戦わなければならぬ。

さいわい、米軍の銃声もやんだ。いったん、戦闘を停止したようだ。午後四時になると、米軍はピタリと攻撃をやめ、進出した地区に警戒兵だけを残し、後方にさがって休息をとる。一定時間だけ全力投球すると、翌日の戦闘にそなえる方針なのである。

だから、昼間の戦闘で米軍に奪われた陣地に夜襲をかければ、米兵の姿はない。そこで奪い返せた、とすっかり信じこむ。ところが、米兵は五〇メートルほど後方に集結、待機している。緊張から解放された瞬間、不意討ちの逆襲を受けて全滅した友軍もあった。

しかし、米軍が戦闘を中止した時点で、こちらが後退すれば、おたがいにかなり距離がはなれるわけだ。私たちは、米軍の銃声がやむと同時に、暗闇を利用して、タッポーチョ山から電信山をめざし後退した。六月二十五日の夜のことである。昭和十九年六月十五日、米軍がサイパン島に上陸してから、すでに一週間が経過していた。

戦車第九連隊が、オレアイ飛行場へ、あの総攻撃をかけた六月十七日未明、私たちはいったん、米陣地を蹂躙しながらも、最後にはバズーカ砲の威力に屈した。戦車第九連隊は、連隊長・五島大佐をはじめ、ほとんど全員が戦死、潰滅状態となった。
・擱座した戦車から脱出し、歩いて撤退した私は十八日の夜、ようやくタッポーチョ山の東側にあるチャチャの中隊本部にたどりついた。まる二日ぶりに握り飯をほうばったとき、戦闘の興奮状態から醒めてゆく自分を感じた。
翌十九日の朝、五十二師団司令部付の市川正国中尉が姿を見せた。トラック島に移動させる予定の軽戦車一〇輌が、まだガラパンの町に残っているという。市川中尉は、第五十二師団戦車中隊長に任命された、もと大宮島（グアム）派遣第二中隊長・佐藤大尉と共にトラック島に移動すべく、待船中であったのだ。

第九連隊の生存者は、まだ三〇人ほどいた。市川中尉は全員を集め、戦車を夜中に持ち帰ってくるよう指示した。一個中隊を編成し、戦車による最後の攻撃をしかけようというのだ。

敵陣地を突破して戦車を運んだわれわれは、二十日、ラウラウ湾海岸線に進出している米軍に、ふたたび夜襲をかけた。

私の戦車は、黒岩恒夫軍曹が操縦し、市川中尉が指揮をとった。いっせいに走りだして約二キロの地点で、米軍は無数の星弾を撃ちあげて戦車の姿を浮かびあがらせた。バズーカ砲、速射砲、機銃の弾丸が入り混じってとびかかった。たちまち、私の戦車は操行機に被弾し、擱座した。市川中尉は、黒岩軍曹と私に脱出して後退するよう命じ、中隊の指揮をとるために他の戦車に乗り移った。

その戦車も、一〇〇メートルも進まないうちに火に包まれた。乗員たちに、脱出の余裕はなかったようだ。

黒岩軍曹と私は、擱座している友軍の戦車を一輛ずつ、砲塔から点検しながら後退した。何輛目かの戦車から、うめき声が聞こえた。

「だれか！」

私は砲塔をのぞきこんだ。

「井川（心勇）准尉だ」

ふりしぼるような声が返ってきた。

天蓋から二人で引きずりあげ、背負って中隊本部へ帰りついた。

井川准尉の両方の太ももには、一四の破片が突き刺さっていた。野戦病院に麻酔療法はない。私と黒岩軍曹が両手両足を押さえて、宇津正男軍医が一片ずつ摘出していった。激痛に井川准尉は失神してしまった。

戦闘のあと、ドンニイの中隊本部に帰ることができた幹部は、第一小隊長の田辺少尉だけ

であった。戦車はもう一輌もない。田辺少尉は、これからは歩兵戦闘に移る、と命令し、中隊を再編成した。二十一日のことである。

機銃を持っている私は兵員二四人をあずかり、山肌をつたって米軍が進出しているチャチャ付近に向かった。洞窟の真下まで米軍のジープやトラックが走りまわっていた。伝令を走らせ、中隊本部に状況を伝え、警戒にあたった。本部から、古城隼人曹長が兵二名をつれて応援にきた。

夕方ちかく、米軍は散兵壕を築きはじめた。古城曹長は、薄暮攻撃を提案した。自分は左翼からまわりこむから、正面から機銃攻撃をかけろ、という。午後五時、打ち合わせどおり、私は機銃を乱射した。約一五〇メートルの距離からの不意打ちに、米兵たちはバタバタとたおれ四散した。私の部下の半数をつれてでかけた古城曹長は、その夜、ついに帰ってこなかった。

日本軍陣地を手榴弾で攻撃する米海兵隊員。米軍は昭和16年6月15日早朝に進攻作戦を開始、同日中に約2万名が上陸した。

夜、前線を確保しながら、部下に中隊本部へ糧秣をとりに行かせた。間もなく引き返してきた兵は、中隊本部にだれもいない、という。私は、自分自身で確かめにでかけて、唖然とした。前線で戦っていた私たちは、置き去りにされたのだった。

二十三日、やむなく、チャチャからドンニイの連隊本部へ引き揚げることにした。薄暮攻撃で、部下は一六人に減っていた。それを率いて、中隊本部のあった洞窟をとおりすぎ、連隊本部に到着した。

ここもまた、もぬけの殻で、残された遺体や負傷者で、まさに地獄の様相を呈していた。

連隊本部は撤退するさいに、重傷患者を置き去りにしていった。痛々しい包帯姿の兵隊が、道路をはいずりながら、友軍の後を追おうとしている。私たちの姿を見つけると、「連れて行ってくれ」

「連れて行ってくれ」と悲痛な声をあげ、懇願した。野戦病院では、遺体が無残にも積み上げられていた。目をおおう惨状だった。米軍の急進撃に追われ、あわてて去った跡が、歴然としていた。

本部が存在しないので、行動の目標は失われた。私は兵隊たちに、この場で解散し、自由行動せよ、と指示した。しかし、全員が、私について行くという。私は責任を感じ、ふたたび引率することに決め、ひとまず戦闘状況を把握するため、タッポーチョ山の頂上を目ざすことにした。島の中央部に位置している山の頂上なら、戦況が把握できるはずだと思ったのである。

道路を進むと、たちまち米軍の機銃掃射にさらされるので、尾根をつたい、ジャングルを突き進んで頂上を目ざした。暗夜、片手に機銃を持ち、もう一方の手で樹木をつかみ、はい登る。手さぐりで樹木をつかんだと思った瞬間、友軍の遺体がズルズルと上から落ちてくる。あたり一面に戦死者が散乱しているのだ。

夜が明けたころ、ようやく頂上に出た。水平線を望んで、慄然とした。海が見えない、と表現してもよいほど、沖合いは米軍の艦船に埋めつくされていた。地上に目をやると、戦車を先頭に、こちらに向かって米軍がどんどん進撃している。海岸線一帯には、すべて陣地が構築されていた。島の南部は、完全に米軍が手中にしていた。

日暮れまで時間待ちして、夜間に連隊本部をさらに追尾することにした。

米軍が上陸して約一〇日間で、日本軍の組織的抵抗は不可能となり、サイパン島北部への撤退を余儀なくされたのである。

遅れた防衛線構築

ここで、双方の作戦計画と上陸前後の戦況を、戦後の資料などにより、あらためて整理したい。

連合軍のマリアナ作戦は、昭和十九年三月二十日の統合幕僚長会議で決定された。

作戦のねらいは（一）日本軍の海上、航空兵站線を攻撃する基地を設定する。（二）素どおりしたトラック島の制圧作戦を支援する。（三）日本本土爆撃のB29の基地とする。（四）パラオ、フィリピン、台湾、中国本土に対する攻撃を容易にする、というものであった。

作戦の予定期日は、左のとおりである。

一九四四年六月十五日、サイパン、グアム、テニアン占領。

同九月八日、パラオ占領。

同十一月十五日、ミンダナオ占領。

一九四五年二月十五日、台湾南部および厦門《アモイ》占領、またはルソン占領。

この作戦計画を日本側にさとられないようにするため、連合軍は千島列島から西カロリンまで南北で陽動作戦を行なった。

五月中旬からウェーク島、南鳥島を空襲。さらにトラック島の航空基地を爆撃した。また六月三日から九日までは、西カロリン諸島で連続空襲を行なった。サイパン上陸前日の六月十四日には、千島方面でも、艦砲射撃を実施している。

日本側、サイパン守備隊の判断などは、どうであったか？

その主力である第四十三師団は、情報収集機関を持っていなかったので、大本営の判断に頼っていたが、その中央部は、連合軍の陽動作戦にまどわされており、連合軍の進攻がどこに指向されるか、明確にはつかんでいなかった。

このため、現地の守備隊は、連合軍が襲ってくるかもしれないが、島づたいにくるはずだから、まだ当分、先のことである、と予想していたようだ。その進攻時期は、パラオと同時か、あるいはパラオの直後、と踏んでいたのである。

いや、ひょっとすれば、素どおりするかもしれない、という見方もあったようだ。

三月下旬、マリアナ、トラック、パラオ地区の防衛の指揮をとっている第三十一軍の小畑英良軍司令官は、防備計画を発令している。

この計画では、まず小笠原、マリアナおよびトラック各地区、ついでパラオ地区の守りを早急にかため、防衛の重点は航空基地群の確保を目ざしていた。

防備計画の要旨はつぎのようなものだが、注目しなければならないのは、(一) 水際作戦を重要視していたこと。(二) そのためにも築城を強化しようとしていたが、その完成時期を昭和十九年十月末（米軍の上陸は六月）としていたこと。(三) 敵が上陸した場合、隣接の諸島から、友軍を逆上陸させることを考えていた、などの点である。

第三十一軍防備計画（要旨）

一、軍は随時、敵の来攻を予期しつつ諸部隊を神速に展開し、まず小笠原、マリアナおよびトラック（ポナペ以西メレヨン以東を含む）各地区、ついでパラオ地区における防備基礎態勢を速急に確立す。

二、諸隊逐次展開せば、防備築城を拡充して敵上陸部隊を水際に於て撃滅すべき態勢を整え、逐次これを要塞化し、以て航空基地群の確保を期す。

これがため、まず諸隊来着後、遅くも一ヵ月以内に野戦陣地を完成し、爾後なるべく速かに要部はこれを永久築城化し、上陸後概ね三ヵ月以内に特火点（機関銃陣地）を骨幹とする堅固なる野戦陣地を完成す。

三、防備基礎態勢の構成にあたりては、所在海軍の諸施設を勘案し、密にこれと連繫統一を図り以て統合戦力の発揮に遺憾なからしむ。

第二　展開及作戦準備

（四〜七略）

八、進駐部隊は、所在陸海軍部隊と密に協同し、将校以下全員、昼夜兼行まず速かに船舶揚陸地を解放し、引き続き、分散、遮蔽、掩護の措置を強行し、以て敵の空爆に即応するものとす（以下略）。

九、諸部隊揚陸せば、引き続き速かに要点に於ける陣地を占領し、随時敵の上陸を水際に撃滅すべき態勢を確立す。

此の際、当初兵力の関係上やむを得ざるものは、別に島内要域に複廓陣地を準備し、以てたとえ敵の一部の上陸を許す場合といえども、よく我が航空基地を確保し、又は敵の之が利用を阻止抑制しつつ後続部隊上陸作戦の支撐《しとう》を確保す。

（十〜十三略）

第三　爾後の作戦指導の大綱

十四、軍作戦指導の根本は、中部太平洋に於ける要域、特に航空基地群を確保して敵来攻部隊を洋上に撃滅せしめ、かつ敵に航空基地を与えざるを先決条件とし、次いで敵攻略部隊を水際にて撃滅するに在り。

十五、航空基地の確保にあたりては、既設および予定飛行場を含む島嶼のみならず、飛行場たり得べき島嶼は、兵力これを許す限り之を確保し、少なくも敵をして之を利用せしめざる如く工夫努力す。

十六、敵攻略部隊に対する作戦は、陸海軍島嶼守備隊の戦力を統合し、敵を水際に於て撃滅を期す。

これがため各島嶼の防備を不落の要塞化すると共に環礁内各島嶼、地区集団内各島嶼、各地区集団相互間に於て海上機動作戦を敢行し、又島嶼周辺に於ては為し得る限り一部兵力の海上出撃を敢行し、以て敵の上陸準備間を奇襲するなど、防備作戦（戦闘）を潑溂積極的に指導す。又跳梁する敵機に対しては、あらゆる有効兵器を挙げて、予め準備せる対空射撃陣地（施設）を以て之が必墜を期す。

（十七、十八略）

十九、北部マリアナ地区集団長は、テニアン（含む）以北のマリアナ諸島の要域を確保す。而して本地区は、南部マリアナ地区および小笠原地区と相俟ち、帝国本土防衛の最後的陣地として之を死守す。其の作戦指導の大綱は、左記に拠るものとす。

(1)、テニヤン及サイパン

両島は重要なる航空基地群として、特に相互密接に支援協力し得る如く之を要塞化し確保す。

海上機動兵力を保持して、両島相互支援作戦を行なうと共にパガン島方面に対する作戦を準備す。

(2)、パガン島

サイパン、テニヤン航空基地群の一環、なかんずく小笠原地区集団との連関基地として最も堅固に守備し、之を確保す（以下略）。

防備計画を一読すればわかるように、水際での撃滅ということが強調されている。中部太平洋の島嶼は、いずれも小粒である。縦深配備が困難なので、どうしても水際防御の考え方が先に立つ。第三十一軍の標語「我身を以て太平洋の防波堤たらん」に、それがはっきりとうたわれている。

じつは、日本陸軍において上陸防御の研究は、すこぶる低調だった。教令などもなかったのだ。もともと、陸軍の教育、訓練は、大陸方面の作戦が中心となっていた。そして、守りよりも攻撃思想が伝統である。しかも開戦後、数ヵ月で西・南太平洋の諸島を簡単に手に入れ、戦争の主導権をにぎった、と思い込んでいたので、とくにその必要もないまま研究されていなかったのである。

ただ、それまでの体験によって、上陸作戦のウィーク・ポイントは洋上と上陸前後で、防御の場合に海岸線撃滅がいちばん有利である、という考え方が支配していた。

しかし、連合軍の反攻で島嶼の争奪戦がはじまり、中・南部太平洋方面に陸軍部隊を派遣する段階になって、どうしても島嶼防衛の方針が必要になってきた。

昭和十八年十一月、ようやく島嶼守備隊戦闘教令がつくられた。この年、春から大本営の戦訓収集班、築城指導班を中・南部太平洋方面に派遣し、その資料を検討してつくりあげたものである。

といっても、これまでの水際撃滅の思想を体系づけたものに過ぎない。上陸部隊の最大の弱点は海上と水際付近にあるとし、陸軍部隊は海洋の障害を最大限に活用しながら、水際に直接配備して敵を撃滅する方針であった。

第三十一軍の防備計画は、この教令の方針が基調になっているようである。

教令が出たあとに、中部ソロモン諸島、ギルバート、マーシャル諸島方面で島嶼作戦がつづき、ニューギニアでも海岸とジャングルの戦闘がくりかえされた。制空権の重要さ、米軍の物量作戦、すさまじい砲爆撃などを体験し、対上陸作戦は洗い直さなければならないはずだった。

それを、水際撃滅のチャンスを失したための苦戦と解釈した。そしてむしろ、教令の徹底を強調したようである。第三十一軍の小畑司令官も、サイパンに赴任したさいに、「こんどこそ、必ず水際で敵を撃滅する」ともらしていたという。

サイパン戦で、米軍が上陸した六月十五日以降から戦闘終結時まで、米軍艦砲射撃の総発射弾数は一三万八三九一発（約八五〇〇トン）、このほか五八八二発の照明弾が発射されている。また事前砲撃の発射弾総重量は推定約三〇〇〇トンにのぼるという。米軍は制海・制空権をにぎったうえで、砲撃の猛威をみせつけた。それまでの米軍上陸作戦のパターンどおりであった。白兵主義の水際撃滅作戦では、とても通用しない。

ところで、この教令でも各島嶼間および地区集団相互の海上機動作戦（逆上陸、増援）や、島嶼からの海上出撃を指示している。それまでのギルバート、マーシャル作戦の例からみて、制海・制空権を奪われた場合に、そのような行動が不可能なことは、自明の理であったはずだ。マリアナ諸島の防衛でも、この教令にそった作戦と考え、失敗に終わった。

サイパン島を中心とした場合、約六キロ南にテニアン、さらに南西一一〇キロ地点にロタ島がある。その南西七〇キロは、グアム島である。これらの島の一つが攻撃された場合、反撃部隊をほかの島から上陸させようというわけである。防備計画ではサイパン、テニアンのどちらかが攻撃されると、ただちに応援部隊を上陸させるため、舟艇の準備も指示していた。さて、水際作戦をとるには、防備をかためておかねばならない。その築城作業を三期に分けて進めることになった。完成時期を十月末としていたことはさきに触れたが、資材の補給も充分でなく、おまけに海岸付近の土質は砂とかたい珊瑚質なので作業はなかなかはかどらず、米軍の上陸に間にあわなかった。

作業計画では、守備隊が増強された三月から約一ヵ月間を第一期とし、水際防御陣地の完成をめざした。以後の二ヵ月間を第二期とし、最初につくった陣地をさらに強化、縦深陣地、交通施設、障害物の設定を予定した。

第二期以降から十月末までには、重要な施設について一トン爆弾および四〇センチ級砲弾の直撃にたえられるよう、コンクリートまたは洞窟式の陣地をつくるということになっていた。

ところが、米潜水艦による被害があいつぎ、資材が充分にとどかない。それに、連合軍のつぎの攻撃目標はパラオ諸島と判断されていたので、築城資材もパラオに優先的に割り当てられていた。

また、短期間に守備隊が増強されたので、軍需品の集積所をつくったり、タナバク港を整備する作業もあって、築城作業の人員が充分に確保できない、などの障害もあった。

結局、米軍上陸時の水際陣地は、土質がかたい珊瑚質のため、強化されないままの簡単な野戦陣地で、後方と連絡できる交通壕などは、ほとんどなかった。水際（水中）障害物もまるっきりなく、対戦車壕がわずかにあった程度であった。

一方、サイパンの生活は、たいした空襲もなく、住民たちも比較的に平和な暮らしをしており、守備隊も臨戦の心構えは、まだ充分といえなかったようである。米軍のサイパン上陸時にヤップ島を視察していた第三十一軍の小畑司令官は、急遽、パラオ島に帰って東條英機参謀総長あてに電報を打っている。戦況からみて、サイパン帰還はとうてい無理で、しかも米軍の攻撃は、つぎにパラオ方面をめざしてくると予想したためである。

これに対し東條総長は、「手段を尽くして速やかにサイパンに帰着せよ」と促した。小畑司令官は、グアムまで飛んだが、米軍に制空権を奪われているのでサイパンへ突入できず、グアムにとどまらざるを得なかった。グアム島への連合軍上陸は、七月二十一日である。小畑司令官は、田村義富軍参謀長（少将）とともに、この島で戦死したのは八月十一日前後のこととみられている。

守備隊の中心となった第四十三師団が、内地から派遣される途中に潜水艦の襲撃を受け、一個連隊の主力を失った〝悲劇の師団〟であることは、先に触れた。そのうえ、この師団は応召者が多く、大隊長クラスも動員下令後に、任じられた人が目立っていた。

斎藤義次師団長も、着任早々であった。じつは、出動直前まで、師団長は賀陽中将宮だったが、かわって斎藤中将が新任されたといういきさつがある。

サイパンへ出発までの約一ヵ月間、熱帯地と海洋における部隊の訓練を行ない、名古屋港では対潜訓練、舟艇移乗、避退訓練などもしたという。さらに歩砲工兵連合の島嶼守備演習も実施している。しかし、あまりにも短期間であった。

第31軍司令官小畑英良中将。サイパン在島の全軍を指揮した。

師団のサイパン到着は、四月から五月にかけてであった。しかも第百十八連隊の約三分の二を、潜水艦攻撃で失っており、配備計画の手順が狂った。サイパン到着後も教育総監部、実施学校などから派遣された教官が、師団幹部の教育にあたっていた。これは、ちょうど、築城作業の時期であり、兵隊の訓練には充分な時間も割けないまま米軍を迎えることになったのである。

このような客観情勢のなかで、戦車第九連隊の五島連隊長も、島嶼守備は初体験なので、ずいぶん悩んでいたようだ。満州から輸送船で転送の途中も一人考えこみ、輸送船が横浜に立ち寄ったさいには、島嶼防衛の作戦について相談にでかけたという。

第四十三師団につぐサイパンの陸軍兵力は、岡芳郎少将の指揮する混成第四十七旅団である。じつはこの部隊は、本来ならテニアン島の守備につく予定であった。それが、連合軍の急速な上陸作戦で、サイパン島に釘づけにされたのである。一方、のちにテニアンで全滅する第二十九師団の第五十連隊（緒方敬志大佐）は、第四十七旅団がテニアンに到着しだい、グアム島に赴くはずであったが、これも果たせなかった。このような混乱は随所に起こったのである。

相次ぐ迎撃戦の失敗

サイパン防衛にとって致命的であったのは、「あ」号作戦の失敗であった。この作戦により、米機動部隊の活動を防ぐことができなかったため、制海空権は連合軍に掌握され、サイパン島は孤立無援となったのである。

中部太平洋方面の戦況緊迫にともない、十九年四月四日、内南洋担当の第四艦隊と、第十四航空艦隊をもって中部太平洋方面艦隊を編成した。司令長官は南雲忠一中将で、司令部はサイパン島のガラパンに置かれた。南雲中将は、ハワイ攻撃、ミッドウェー沖海戦を指揮した海軍屈指の猛将である。のち、佐世保、呉の両鎮守府長官を経て、第一艦隊司令長官になっていた。

この経歴は、異例であった。本来なら、横須賀鎮守府長官、軍令部次長、または海軍次官になるところを、南雲中将がとくに同期の沢本頼雄海軍次官にたのんで、第一線に出してもらったのだといわれている。ミッドウェーの敗戦に責任を感じ、死地を求めたのであろうか。結果的には、南雲中将の願いはかなえられることになる。

南雲中将のサイパン着任は、四月下旬であった。

五月三日、大本営は陸海軍最高指揮官に、来《きた》るべき大作戦「連合艦隊の準拠すべき当面の作戦方針」を指示した。

一、我が決戦兵力の大部を集中して敵の主反攻正面に備え、一挙に敵艦隊を覆滅《ふくめつ》して敵の反攻企画を挫折せしむ。之がため、速に我が決戦兵力を整備して、概ね五月下旬以降、中部太平洋方面より比島ならびに豪北方面にわたる海域に於て敵艦隊主力を捕捉、之が撃滅を企図す（下略）。

二、五月下旬、第一機動部隊及第一航空艦隊の兵力整備をまち、第一機動部隊を比島中南方面に於て待機せしめ、第一航空艦隊を中部太平洋方面、比島並びに豪州北部方面に展開し、以て決戦即応の態勢を持し、好機に乗じ特に右両艦隊の適切なる運用を期し、全力を挙げて敵主力を捕捉撃滅す（中略）。

本作戦方針上に拠る作戦を「あ」号作戦と呼称す。

ここにいう第一機動部隊は、小沢治三郎中将の指揮下にある第三艦隊（司令長官は小沢中将兼任）および第二艦隊（栗田健男中将）からなり「大鳳」「瑞鶴」など空母九隻、「大和」「武蔵」など戦艦七隻、重巡一一隻を含む計七三隻、母艦機四三九機を有した。連合艦隊の全主力といってもいい。また、第一航空艦隊は、角田覚治中将指揮、戦闘機、陸上攻撃機、艦上攻撃機などを合わせて一六六四機を、中部太平洋の諸島に展開させていた。

この「あ」号作戦の発動にともない。おなじ五月三日、豊田副武連合艦隊司令長官は、これらの艦隊に対し、次の命令を発した。

一、速かに全決戦兵力を主作戦方面に展開す。
二、わが前進拠点を極力活用し、万難を排して敵情偵知に努む。
三、奇襲作戦を重視し、極力敵勢減殺を期す。
四、決戦海面周辺に基地航空部隊の大部および機動部隊の全力を集中し、敵を同海面に誘出し好機全軍決戦に転ず。
　本決戦は主として昼間強襲に依り敵機動部隊を攻撃撃滅す。
五、決戦海面を概ね左の通り予定す。
　第一決戦海面　パラオ付近海面。
　第二決戦海面　西カロリン付近海面。
六、敵を決戦海面に導入するまでは敵情偵知に全力を挙げ、過小の兵力を以てする断続的攻撃は之を実施せず。
七、敵が西カロリン方面のわが要地攻略を企図する場合は、(四)に準じ決戦に移行す。
　即ち先ず全力を以て敵航空母艦を先制撃破したる後、輸送船に主攻撃を指向す。
八、敵がマリアナ方面に機動したる場合またはマリアナ、西カロリン両方面に同時に機動したる場合は、マリアナ方面の敵は、同正面の基地航空部隊を以て之を攻撃し、西カロリン方面に於ては集中可能の全決戦兵力を敵機動部隊に指向し、(四)に準じ決戦を行う。

九、決戦に於て敵に痛手を与うるや、機を逸せず追撃戦に移行し、使用し得る全航空兵力を速かに陸上基地に展開し、昼夜間断なき航空攻撃を加え水上部隊、先遣部隊をして之に策応協力せしめ戦果の徹底を期す。

尚、残存艦隊の撃滅に引き続き敵補給路の遮断、敵前進航空基地の攻撃を行う。

十、先遣部隊潜水艦は主として奇襲作戦並びに索敵および追撃戦に使用す。

この命令で注目されるのは、敵艦隊を「パラオ」「カロリン」に引きつけてから攻撃に移ることを強調している点である。これは、燃料不足を考慮、かつ、敵潜水艦の攻撃を警戒したためである。

五月十九日、第一機動部隊はボルネオ島北部のタウイタウイ泊地に集結し、二十日に豊田連合艦隊司令長官は「あ」号作戦の開始を下令した。

「あ」号作戦の経過を追ってみると――。

六月十八日　午後、第一機動艦隊は、空母六隻を含む三群の機動部隊を、サイパン西方（三群）と硫黄島南西方（一群）で発見。

六月十九日　早朝から、前日にひきつづいての索敵で、四群の機動部隊をサイパン西方の海面で発見。午前七時三十分、第一航空戦隊（一航戦）一二九機、第二航空戦隊（二航戦）四九機、第三航空戦隊（三航戦）七八機の第一次攻撃隊が発進。

十時ごろ、第二次攻撃隊として一航戦一八機、二航戦六四機がさらに出撃。

第一次攻撃隊は同時刻ごろ、攻撃を開始。米機動部隊は、全戦闘機で防御幕をつくっており苦戦。索敵機の報告に、目標位置の誤差があったため、米艦隊を攻撃したのは、第一次攻撃隊の一航戦、二航戦だけであった。

二航戦の第二次攻撃隊は、米機動部隊を発見できず、グアム島の陸上基地に着陸しようとしたが、待ち伏せしていた米機のために四七機を失う。

午後五時三十分、飛行機の大部分を失った攻撃隊は帰投。

この間、午前八時十三分ごろ、旗艦「大鳳」は米潜水艦の雷撃をうけ、約六時間後に沈没。「翔鶴」も被雷沈没。

六月二十日　第一機動部隊指揮官の小沢中将は、将旗を「瑞鶴」に移し部隊を集結、ふたたび索敵行動を開始。すでに航空兵力は一七二機のみ。

夕刻、米機動部隊の一群を発見。攻撃隊発進。

午後五時三十分ごろ、米機一三〇～一五〇機と潜水艦の攻撃をうけ、空母「飛鷹」沈没、さらに「隼鷹」「瑞鶴」「龍鳳」「千代田」も損傷。飛行機も四七機を残すだけとなった。

七時四十五分、連合艦隊司令長官は「当面の戦況に応じ、機宜、敵より離脱し、所定に依り行動せよ」と命令。小沢長官は攻撃を断念。

六月二十二日　第一機動艦隊、沖縄に帰投。

日本海軍が全力をあげて連合軍の反撃を絶とうとした作戦は、かくて完全な失敗におわった。

昭和十九年六月二十三日十三時三十分の大本営発表は、つぎのとおりである。

我連合艦隊の一部は六月十九日、マリアナ諸島西方海面において三群より成る敵機動部隊を捕捉、先制攻撃を行い爾後戦闘は翌二十日に及び、その間敵航空母艦五隻、戦艦一隻以上を撃沈、敵機百機以上撃墜せるも決定的打撃を与うるに至らず。
我方航空母艦一隻、付属輸送船二隻および飛行機五〇機を失えり。

この大本営発表は、相当に脚色されている。彼我の損害の度合いは、まったく逆といっていい。しかも、連合軍はその被害をただちに補うだけの兵員と生産力を後方に持っていた。これに対し、日本軍は、虎の子ともいうべき空母、航空機、パイロットを失った。もう補充はきかない。

「あ」号作戦は失敗のうちに終結した。最後の戦闘がマリアナ沖であったため、一般には「マリアナ沖海戦」と呼ばれる。「あ」号作戦の初動として、小沢中将は、すでに連合軍が占領しているビアク島の奪回をめざした。これは「渾」作戦と呼ばれ、六月三日に発動された。小沢艦隊の主力がビアク島をめざして進行中、連合軍の機動部隊主力は六月十一日、グアム島の東一七〇浬に突如あらわれた。

十二日、サイパン、テニアン、グアムの諸島は猛攻撃を受け、翌十三日、すでに記したように、サイパン島に艦砲射撃が加えられた。

この日、「渾」作戦は、なんら得るところなく中止され、小沢艦隊は反転したが、ときすでに遅かった。そして角田中将指揮下の第一航空艦隊は、その保有する航空機一六六四機のうち約三分の一を十二日、十三日の両日に失ったのである。

マリアナ海域にもどった小沢艦隊と米機動部隊の遭遇は、六月十九日である。この戦闘でも、あいついで出撃した艦上機の大半は帰ってこなかった。しかも新鋭空母「大鳳」、さらに「翔鶴」が、あいついで潜水艦の魚雷攻撃により沈んだ。

米軍側の損害は、米側の発表によると航空機喪失九機、戦艦サウス・ダコタに直撃弾一発、重巡ミネアポリス、空母バンカーヒルに至近弾各一発である。日本軍の惨敗というほかない。

サイパンで、戦車第九連隊による戦車総攻撃が失敗に終わった六月十七日、大本営陸軍部はサイパン奪回作戦を練った。これは「Y」号作戦と呼ばれる。

投入を予定した資材と兵力は、つぎのようなものであった。

高速輸送船一隻、小型輸送船三隻の輸送船団と、第五艦隊の重巡二隻、軽巡二隻、駆逐艦五隻〜七隻、四七ミリ速射砲（対戦車砲）五個大隊、二〇センチ臼砲一個大隊、三〇センチ臼砲五門の選抜一個中隊、湿地戦車一個小隊、ロケット砲一個中隊（三〇門）。その他、弾薬、発煙資材、爆薬、軍需品六〇〇立方メートルを輸送。

六月二十三日までに東京湾から出港する予定で、陸軍は第四十六師団の歩兵第百四十五連隊に横浜集結を指示した。また海軍も、第五艦隊に対し横須賀集結を命じた。

翌十八日、奪回作戦は練り直され、いっそう大規模なものになった。「Y」号作戦でサイパンの主要地点を奪回したあと、さらに二個師団をつぎ込もうというものであった。

じつは、この作戦は「あ」号作戦の成功を前提にして考え出された作戦であった。しかし「あ」号作戦失敗の悲報がとどき、奪回作戦は断念された。

このため、大本営海軍部の次の作戦として、（一）海軍残存兵力を総動員し、これに陸軍航空部隊も加えて、敵艦隊と対決し、陸軍を投入してサイパンを奪回する。(二)マリアナ諸島は、できるだけ現勢で持ちこたえ、後方主要線を確保しながら航空戦力を再建し、後図を策する、の二案を考えた。

二十二日、二十三日の両日、検討がつづけられた。結論は第二案の採用となった。

その理由は、制空権を獲得しなければ、日本から二千数百キロもはなれたサイパンまでの海上輸送は無理であること、かりに成功しても米軍が再度上陸すれば、戦力を消耗してしまうだけになること、などである。

かくてサイパンの玉砕は、この時点で決定したのであった。

一方、守備隊の防備計画にそって、六月十七日夜、テニアン島では一個中隊が舟艇によるサイパン逆上陸を試みた。三晩くりかえしたが、米艦艇に阻まれた。

グアムからは、歩兵を中心とした六〇〇人をこえる逆上陸部隊が、計一三隻の舟艇で二十二日夕刻、出撃した。しかし、潮流が逆流のうえ波が荒く、おまけに積載物が多かったため、舟艇の故障が続出し、翌二十二日朝、ようやくロタ島にたどり着いた。しかも途中、二隻が米艦に捕獲されている。

この部隊はロタ島に到着後、さらに逆上陸をねらったが、サイパンの戦況は悪化するばかりで、結局、この作戦は放棄された。

トラック島からの増援は、輸送船舶がすくないうえ、距離が遠すぎるので実現しなかった。

ところで、これはどうしたことなのだろうか。昭和十九年六月二十二日の毎日新聞は「敵陣の真っ只中へ戦車隊上陸、サイパン皇軍敢戦」の見出しで、つぎのように報じている。

〔中部太平洋基地特電〕内南洋要線の重要拠点マリアナ諸島サイパン島に、去る十五日、不逞にも上陸を企図し、その一角に地歩を占めた敵米軍は、十七日にいたり同島南側のアスリート飛行場付近に進出し来ったが、わが地上部隊は同島の南指呼の間にあるテニヤン島のわが砲台と協力し猛然敵米軍に攻撃を加え、必死の力闘を続けている。敵米軍はサイパン島上陸以来、若干の重火砲を揚陸し、戦闘に参加せしめ、十七日にいたりアスリート付近に進出し来ったのに対し、わが陸上部隊は、同方面の重要高地ならびに重要要地を確保し、有力なる部隊をもって夜襲に次ぐ夜襲攻撃を加え、あるいは小部隊をもって敵陣深く突入肉弾戦を行い、敵に多大の損害をあたえている。同日、敵は数十機の爆撃機に掩護せられ砲爆撃をわが部隊に浴びせ、攻撃の阻止に躍起となっている。わが部隊はあくまで敵の撃滅を期し、敵の上陸地点に対し有力なる戦車隊を伴って逆上陸を敢行し、敵陣を攪乱大損害をあたえている。さらにサイパン島地上部隊の力闘に対応しテニヤン島のわが砲台は、サイパン水道を越えて敵の進出部隊ならびに砲兵陣地に猛撃を加え相ともに太平洋要線を死守し、敵米軍撃滅に邁進敢闘している。

連合軍の作戦においても、多少触れておく。

マリアナ作戦は、レイモンド・A・スプルーアンス海軍大将の指揮する第五艦隊があたり、統合遠征軍はサイパン、テニアンを攻撃する北部攻撃部隊と、グアムを攻撃する南部攻撃部隊に分かれていた。

統合遠征軍はリッチモンド・K・ターナー海軍中将が、指揮にあたり、また北方攻撃部隊の指揮官も兼務していた。

北部攻撃部隊は、トーマス・E・ワトソン海兵少将指揮の第二海兵師団と、ハリー・シュミット海兵少将指揮の第四海兵師団、遠征部隊の予備隊として、ラルフ・E・スミス陸軍少将指揮の陸軍第二十七歩兵師団が、南北どちらかに上陸する予定であった。遠征部隊の艦船は合計五三五隻、北部攻撃部隊七万一〇三四人、南部攻撃部隊五万六五三七人である。

米軍はサイパンの日本軍兵力について、一万五〇〇〇人から一万八〇〇〇人と推定していた。しかし、実際は三万一六二九人であった。この誤差は、航空写真が不完全だったうえ、サイパン島を兵站基地とみていたために生じたと思われる。ともあれ米軍は、日本軍守備隊の四倍に匹敵する兵員と、島の形状をかえるほどの艦砲射撃で、ちっぽけなサイパンを圧倒しようとしたわけだ。

上陸作戦は、つぎのように考えられていた。

一、主上陸

(1)、上陸正面　六月十五日H時、第二、第四海兵師団が西海岸チャランカノア付近に上陸、速やかに進出線（縦深一一〇〇メートルから一三五〇メートル）に進出する。

第二海兵師団　チャランカノア地区

第四海兵師団　チャランカノア正面および同南方地区

日本の第四十三師団司令部は、地形的にも、またアスリート飛行場奪取をまず目ざすことが考えられることからも、連合軍の主上陸地点をガラパン南方地域と予定していた。

またラウラウ湾方面も、有力な上陸適地と判断していた。

しかし、北部西海岸のタナバク方面は、飛行場および上陸適地がないことから、上陸の公算はすくないとみていた。実現はしなかったが、日本軍が反撃上陸のさい予定していたのは、ラウラウ湾およびナフタン岬西側海岸である。

(2)、戦果拡張

第二海兵師団　北進してタッポーチョ山、ティポペイル山（五根高地付近）を占領

第四海兵師団　アスリート飛行場を奪取し、東海岸に進出

二、支援上陸

第二海兵連隊第一大隊をもって、攻撃開始日前夜、マギシェンネ（ラウラウ）湾に上陸、内陸に向かって迅速に進撃、払暁前にタッポーチョ山頂を占領確保する。

日米両軍にとって、島の中央部にあるタッポーチョ山の争奪戦が、文字どおりの天王山となった。

三、陽動

上陸開始時直前からタナバク湾北西地域で行ない、日本軍予備隊と支援火力を牽制する。

使用兵力

第二海兵連隊主力、第二十九海兵連隊第一大隊

第二十四海兵連隊（第二海兵師団）

第四火力支援隊

米軍の陽動作戦によって、戦車隊の一部も一時、タナバク湾方向に出動した。

四、予備計画
　チャランカノア海岸の防御が堅固で上陸できないと判明した場合には、つぎの予備計画を実施する。
　要領　第二海兵師団、H時、マタンサ海岸
　　　　第四海兵師団、Hプラス三時、タナバク海岸
五、珊瑚礁に対する特別措置として攻撃用にLVT（水陸両用装軌車輌——通称「アムトラック」を使用。その進撃掩護のためLVT(A)、七五ミリ砲装備の水陸両用装甲装軌車輌）を使用。

　日本軍は、海上と水際で米軍を撃滅し、アスリート飛行場とサイパン港を確保することを第一の要件としていた。どうしても防ぎきれない場合には、ガラパン東側の高地からアスリート飛行場北側の高地までの線を死守し、後続部隊の反撃上陸作戦を待つことになっていた。
　Dデイ（上陸開始日）からの米軍側の攻撃経過を追う。
　六月十五日　晴天。午前四時四十二分、ターナーは上陸を命令。夜明けとともに艦砲射撃を開始し、第二、第四海兵師団を乗せた輸送船はチャランカノア沖約一万五〇〇〇メートル地点まで進入。上陸開始時刻は七時三十分。七時十五分、大型上陸用舟艇約七〇隻、同小型約一〇〇〇隻が、チャランカノア南北海岸に殺到、八時までに八〇〇〇人が上陸し、夕方までに約二個師団が上陸。
　六月十六日　前日にひきつづき、輸送船三五隻、LST四〇隻、上陸用舟艇多数で揚陸。

スペ崎の拠点を奪取。ヒナシス稜線まで進出。日本の機動部隊がサイパン西方海面に進出中（「あ」号作戦）なのを知って、洋上に待機中の第二十七歩兵師団（ラルフ・C・スミス陸軍中将）をただちにサイパンに上陸させる。

六月十七日　午前二時三十分、日本軍戦車隊の総攻撃をうける。六時三十分、全戦線で攻撃を開始。ヒナシス稜線の大部分を奪取。第四海兵軍団戦闘司令所をチャランカノアに開設。オレアイ飛行場に空母搭載の観測機着陸。

六月十八日　午前九時ごろからアスリート飛行場を攻撃占領。午後、ラウラウ湾岸に進出……。

航空戦、海上戦ではつねに優勢だった連合軍も、サイパン上陸後は苦戦した。日本軍の抵抗は、意外に激しかった。海上に待機させていた第二十七歩兵師団を上陸作戦に参加させたのは、小沢部隊が、ビアクから転回接近しつつあったためと、十五日の攻撃が必ずしも成功といえなかったためである。この第二十七師団の投入によって、つぎに予定していたテニアン上陸作戦が一ヵ月おくれたことは、すでに書いた。

第二海兵師団はタラワ、第四海兵師団はクェゼリンを攻略した勇猛部隊であるが、上陸第一日目に両師団で四人の大隊長が負傷した。上陸開始後、一時間たらずで一〇〇〇人以上が死傷している。

海兵二個師団、歩兵一個師団の三個師団が上陸、陣地を確保すると、南から北へ日本軍を追いあげる攻撃が六月二十日からはじまった。西岸が海兵第二師団、中央が歩兵第二十七師団、東岸が海兵第四師団である。

中央攻撃を命じられた第二十七師団は、不運であった。その前面、タッポーチョ山の東には、せまい峡谷がはしっている。米軍の戦史によると、第二十七師団は二十三日の朝にはこの峡谷に達していた。私たちが北に退くにあたって二十二日夜に聞いた銃声は、この歩兵師団のものであろう。

昭和19年６月17日、アギガン岬方面に向かう米海兵隊員。この日、戦車第九連隊は米軍に対して総攻撃を行ない、全滅した。

第二十七師団の前進はストップした。日本軍の最後の抵抗にあったのである。ここで有名な、第二十七師団長解任事件が起こる。

歩兵師団の評判は悪く、作戦の主導権は海兵隊が握っていた。しかも、海兵師団がえりすぐりの将兵で編成されているのに対し、歩兵師団は召集兵が多かった。第二十七師団がサイパン上陸作戦で予備にまわされたのもそのせいで、しかも、投入してみると前進のスピードがおそく、ホーランド・スミス海兵中将は六月二十四日、ラルフ・E・スミス陸軍少将を解任した。

これには後日譚がある。解任されたスミス少将は「今後、陸軍部隊をスミス海兵中将の指揮下に置くべきでない」と、太平洋方面陸軍部隊司令官ロバート・リチャードソン中将に進言している。一種の仲間割れであるが、陸上の戦闘の激しさを物語るエピソードでもある。

守備隊の最後

米軍の記録によると、歩兵第二十七師団の前進は、六月二十一日から二十三日まで、停滞している。二十四日は、七二〇メートル前進、以後、一日五〇〇メートルないし一〇〇〇メートルのスピードでジリジリと前進する。

私はタッポーチョ山の頂上で米軍に応戦したあと北側へ撤退した。二十五日朝、無線電信所のある高地で第三中隊の生存者たちと落ち合うことができた。

満州時代から仲のよかった大塚武之軍曹は、青ざめた顔で戸板に横たわっていた。私の姿を見つけて、「おお」と声をあげ「やられたよ」と弱々しくつぶやいた。

大腿部を骨折し、破片創も負っていた。南軍曹は、艦砲の破片で胸部を串刺しにされており、鋭利な金属片が背中から突き出し、胸元にも残っていた。傷口には蛆がわきはじめている。悲惨だった。

四日前の戦闘のさい、擱座した戦車から助けあげた井川准尉は、松葉杖をついていた。救出を私に感謝した。関東軍の精鋭は、無残な姿にかわり果てていた。

やがて、われわれの集結地点も艦砲射撃の目標となった。砲弾がすぐそばに落ちはじめた。そのたびに、すさまじい爆風が舞いあがる。五分間に約五〇〇発近い砲弾が撃ち込まれてくるのだ。砲弾の空を切る音が流れると同時に、炸裂音が耳をつんざき、爆煙と土ぼこりであたりは全く見えなくなる。

四散してなんとか避けたが、重傷者まで運ぶ時間的余裕はなかった。ようやく砲撃がやみ、もとの場所にもどると、南軍曹も大塚軍曹も姿はすでにない。周囲に肉片がとびちり、足や手の一部が残っているだけであった。

左腕を根もとから吹きとばされた中島司上等兵は、大量の血を流しつづけ、見るまに青ざめて行く。止血の方法もなかった。私に「殺してくれ……。拳銃を貸してくれ」という。見るに忍びなかった。意を決して拳銃を手渡した。彼は銃口を頭部にあて、引鉄《ひきがね》をひいた。鋭い発射音とともに自決して果てた。見事な最期だった。

中島と最初に出あったのは初年兵時代、兵庫県青野ヶ原である。たしか大阪の布施（現、東大阪市）の税務署に勤務していたという話を聞かされた記憶がある。一緒に初年兵教育をうけ、そして満州に渡った仲間だった。

私は、また一人、戦友を失った。

残されたわれわれは、戦友の遺体を埋葬し、さらに後退した。ともに行動した第三中隊生存者は、笠本武雄軍曹、浅香佼兵長、浅沼兵長らである。のちに収容所で出あった伊豆丸光男兵長も当時、この近くにいたという。

米軍に追われたわれわれは、昼間は身を隠し、夜になって行動を起こす。北部への撤退がつづく。無数の日本兵が、列をなして北上していた。私たちは、その列に「戦車隊の者はいないか？」と声をかけ、戦友をさがしまわった。

このころは、すでに指揮系統は失われていた。ただ、どこからともなく、集合場所は地獄谷らしい、という情報が伝わってきた。のちに、このような情報はスパイ活動によるもの、ともいわれた。戦況の混乱に乗じて、原住民には米軍に内通する者もでていたのだ。日本兵を一ヵ所に集めて、殲滅する意図だったのだろうか。

第三十一軍司令部(小畑英良中将は、グアム島にあり、最高責任者は斎藤義次第四十三師団長)と海軍の中部太平洋方面艦隊(南雲忠一司令官)は、一体の「合同司令部」となっており、この時点でタナバク東方約一五〇〇メートルの地獄谷を最後の防御線に設定していた。

食べ物らしいものもない二週間であった。戦車服は、血と泥にまみれ、随所が裂けていた。最期が近づきつつあることが、肌に感じられた。そして米軍の進撃は、さらにピッチがはやくなり、地獄谷の南部にまで米兵が姿をあらわすようになっていた。

米軍にとっては、サイパン攻略の最終ラウンドであった。攻撃陣形はあらためられた。ホーランド・スミス海兵中将は、島の左半分(西海岸)を歩兵第二十七師団、右半分(東海岸)を第四海兵師団に割り当てた。最終目標を北端のマッピ岬と決め、当初の攻撃開始は七月五日、午後十二時を予定していた。

地獄谷のわが合同司令部は、最終攻撃をひかえた米軍の猛烈な砲撃をうけ、斎藤師団長も砲弾の破片で負傷した。

南部から撤退してきた兵隊は、約三〇〇〇人をかぞえた。陸海軍が入り混じり、組織的な戦闘力をもたない小部隊がほとんどであった。

大隊ごとに点呼が行なわれた。戦車第九連隊の生存者は二四人である。報告をうけた参謀は「わずかそれだけなのか?」と聞き返し、待機するように命じた。

〝バンザイ突撃〟で米軍の前に斃れた日本兵。7月7日に決行されたサイパン守備隊の最後の総攻撃には在留邦人も参加した。

七月五日、南雲長官と斎藤師団長は全将兵に対し、つぎのような総攻撃の命令を下した。

一、米鬼の侵攻は依然熾烈なるも諸隊本日までの敢闘努力は、克く真面目《しんめんもく》を発揮せり。

二、サイパン守備隊は先に訓示せる所に随い明後七日、米鬼を索めて攻撃に前進し一人よく十人を斃し以て全員玉砕せんとす。

三、諸隊は明後七日〇三三〇以降、随時当面の敵を索めて攻撃に当り、チャランカノアに向かい進撃、米鬼を粉砕すべし。

また諸隊は明六日以降、随時、特に選抜せる挺進部隊を敵陣深く潜入せしめ敵の司令部、幕営地、火砲、戦車、飛行機等を索めて徹底的に之を破砕すべし。

四、予は切に諸隊の奮戦敢闘を期待し、聖寿の万歳と皇国の繁栄を祈念しつつ諸士と共に玉砕す。

米軍によって〝バンザイ突撃〟と名づけられた、日本軍にとっては最後の総攻撃命令である。各部隊に紙片や口伝えで命令が流された。

翌六日、最終目標に向かって開始された米軍の攻撃は、捨身の日本軍の抵抗にあい、作戦変更せざるを得なくなり、島の東側から攻める第四海兵師団がマッピ岬を含む北端までの攻撃を担当、西側の第二十七歩兵師団は、まずタナバク、ヌタンサ地域を掃蕩しなければならなかった。

西海岸地域で、日本軍は死を覚悟の攻撃をくりかえし、地獄谷西方一キロの谷地から退かない。しかし、東海岸からの米軍は、ペトスカラ山を占領し、カラベラ峠をこえ、地獄谷のすぐ上の高地まで迫ってきた。

合同司令部は、ついに玉砕の最終訓示を将兵に伝えた。

サイパン島守備兵に与ふる訓示

サイパン島の皇軍将兵に告ぐ

米軍進攻を企図してより茲に二旬余、全在島の皇軍陸海空の将兵および軍属は、よく協力一致、善戦敢闘、随所に皇軍の面目を発揮し、負荷の重任を完遂せんことを期せり。

然るに天の時を得ず地の利を占むる能はず、人の和を以て今日におよびたるも、今や戦うに資材なく、攻むるに砲類ことごとく破壊し、戦友あいついで斃《たお》る。

無念七生報復を誓うに、而も暴逆なる進攻依然たり、サイパンの一角を占有するといえども熾烈なる砲撃下に散華するに過ぎず。

今や止まるも死、進むも死、生死すべからくその時を得て帝国男児の真骨頂あり、今米軍に一撃を加え、太平洋の防波堤としてサイパン島に骨を埋めんとす。

戦陣訓にいわく「生きて虜囚の辱しめを受けず」勇躍全力を尽して従容として悠久の大義に生きるを悦びとすべし。

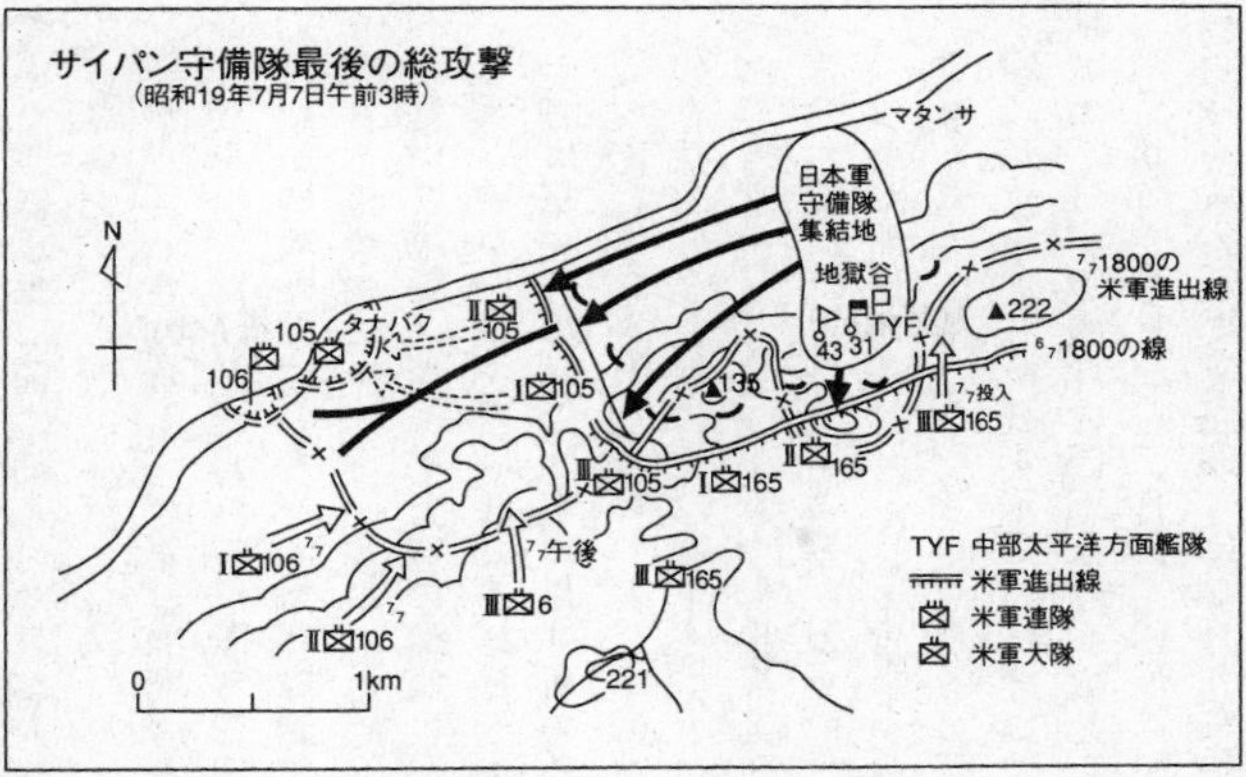

サイパン守備隊最後の総攻撃
（昭和19年7月7日午前3時）

玆に将兵と共に聖寿の無窮、皇国の弥栄《いやさか》を祈念すべく敵を索めて発進す。

この訓示のあと、南雲長官は幕僚をしたがえてジャングルに姿を消した。最後の突撃に先立ち、自決したのであった。斎藤師団長も、陸軍の兵員の攻撃出発を見送ったのち、やはり自決した。これと前後して、海軍の第五根拠地隊司令官・辻村武久少将もおなじ方法を選んだ。

最後の総攻撃は、三地域に分けられていた。海岸地帯は海軍部隊、中央と山地帯は陸軍を中心とし、海軍陸戦隊の残存戦車五輌を先頭にたてた。

攻撃開始は七日午前三時、目標はガラパンの米軍司令部、宿営地、火砲陣地などで、一挙に突入し米軍を混乱状態におとしいれようとしたものであった。

この総攻撃には、在郷軍人、青年団員ら在留邦人も参加した。武器のない者は、棒の先に銃剣をつけたり、石ころを持ったという。

ところが、米軍はこの総攻撃を事前にキャッチしていた。総攻撃直前に捕らえた日本人捕虜から総攻撃の計画を聞きだし、すでに警戒体制をとっていた。

突撃が開始されると、米軍は照明弾を撃ちあげて戦場を照らしだし、大小の火器がいっせいに火を噴いた。われわれ戦車隊の二四人もこの十字砲火の中に夢中でとび出して行った。

この玉砕攻撃について、米海兵隊および陸軍公刊戦史はつぎのように説明している。

〈日本軍攻撃の主力は、第百五歩兵連隊(第二十七歩兵師団)の正面に指向された。明方までに日本軍は第一線大隊を蹂躙し、米軍砲兵陣地に迫った。砲兵は零距離射撃で応戦し、日本軍戦車一輌を撃破したが、やがて砲兵は閉鎖機をはずして退却した。

日本軍先鋒部隊は、連隊指揮所の約五〇メートル前方まで突入し、ここで食い止められた。敵に突破された第一、第二大隊は孤立し、タナバク村の中に拠点をつくって防戦した。残存兵力は、最初の二〇パーセントに過ぎなかった(死傷、行方不明、第一大隊三四九人、第二大隊三一九人)。第二十七歩兵師団の砲兵隊(三個大隊)は、〇四一五から一時間に二六六六発(一分間四〇発以上)を発射した。

攻撃を挫折させられた日本軍部隊は、出発点であるマタアンサ方向へ、混乱しながら点々と退って行った〉

総攻撃に参加した日本軍兵力は詳細にはわからないが、後の調査で、総攻撃の行なわれた地域に、日本軍の死体四三一一が数えられた。

〝バンザイ突撃〟から二日後、遠征軍司令官リッチモンド・ターナー海軍中将は、サイパン島占領を宣言した。正確には七月九日午後三時十五分である。

日本では、七月十八日にサイパンの失陥が発表された。

七月十八日十七時　大本営発表

一、サイパン島のわが部隊は、七月七日早暁より全力を挙げて最後の攻撃を敢行、所在の敵を蹂躙し、その一部はタポーチョ山付近にまで突進し、勇戦力闘、敵に多大の損害をあたえ十六日までに全員壮烈なる戦死を遂げたるものと認む。

同島の陸軍部隊指揮官は陸軍中将・斎藤義次、海軍部隊指揮官は海軍少将・辻村武久にして、同方面の最高指揮官・南雲忠一また同島に於て戦死せり。

二、サイパン島の在留邦人は終始、軍に協力し、およそ戦い得る者は敢然戦闘に参加し、概ね将兵と運命を共にせるものの如し。

大本営の発表と同時に東條内閣は総辞職した。日本の表玄関、サイパン島の失陥は、大きな衝撃であった。

日本はこの中部太平洋の戦闘に賭けていた。「あ」号作戦に投入した海軍兵力を見ても、それは明らかである。戦艦「大和」「武蔵」は残ったが、制式空母はわずか「瑞鶴」一隻を残すのみとなった。

加えて、生き残りのベテラン・パイロットを、この作戦でほとんど失った。

南雲中将は三月四日、第一艦隊司令長官から、中部太平洋方面艦隊司令官に任じられた。親補職であるから、いったん第一艦隊のいたトラック基地から、東京に帰り宮中に参内、拝命している。このさい、東條首相は南雲中将を呼んで、「なんとかサイパンを死守してほしい。サイパンが陥ちると、私は総理をやめなければならなくなる」と語ったという。家に帰った南雲中将は「誰に頼まれても、無理だ」ともらした。

東條首相も賭けていた。しかし、すでに成算はなかったのである。

戦史によると、サイパン作戦における日米両軍の戦力比較、損害状況は、つぎのようになっている。

日本軍の兵力四万三五八二人。火砲二六〇門。戦車、軽一六輌、中三三輌。兵員の損害、陸軍二万六二四四人(海没人員二二七四人を含む)、海軍約一万五〇〇〇人。合計約四万一二四四人。

米軍の兵力一六万七〇〇〇人。火砲二九七一門(うちバズーカ砲一六七四門)。戦車、中一五〇輌。兵員の損害、海兵隊の戦死者二三八二人、負傷者八七六九人、陸軍の戦死者一〇五九人、負傷者二六九六人。合計、戦死者三四四一人、負傷者一万一四六五人。

なお、在留邦人約二万人のうち八〇〇〇〜一万人が戦没した。

戦闘が終了してから六週間後まで、米軍による民間人の収容者は一万四九四九人。うち日本人一万四二四人、チャモロ族二三五〇人、朝鮮人一三〇〇人、カナカ族八七五人だった。

多くの戦友が果てたのに、私はまた生き残った。ただ米軍を避けて島の北へ向かう以外ない。いつ死ぬかわからないのなら、できるだけ日本に近い位置で戦死したかった。島の北端のパナデルを目ざした。道路には米兵があふれていたので昼間、ジャングルにひそみ、夜だけ歩いた。大勢の在留邦人がパナデルに避難しようとしていた。北へ北へと追いつめられていくのだ。

パナデルの近く、マッピ岬付近には無数の洞窟があった。兵隊も民間人も入り混じり、その洞窟にもぐりこんで米軍から逃れようとした。これに対し米軍は火炎放射器を使い、手榴弾を投げこんで掃蕩しようとした。

絶望した在留邦人は、手榴弾を使って集団自決し、断崖からの投身者があいついだ。悲惨な状況を目の当たりにして、私は目をおおった。

子供をしっかりと抱きしめた母親が、九〇メートルもある断崖から身を躍らせた。娘同士が手をとりあって海へとびこんだ。髪がなびき、海面へ吸い込まれていくのを目撃した。父親たちは、子供を断崖から投げ落とし、そのあと岩の上で手榴弾のピンを抜き自決した。

親子五人が車座になり、手榴弾で自決している場面にもぶつかった。

洞窟に赤ん坊を抱いて逃げこんだ若い母親がいた。空腹の赤ん坊が泣き声をあげ、米兵に発見されるのを恐れた周囲から「殺してしまえ」と非難の声がとんだ。母親は、乳の出ない乳首を赤ん坊にふくませ、かたく抱きしめた。

泣き声は消えた。窒息死であった。

これらの集団自殺は、アメリカ人にとって理解が困難であった。

当時の毎日新聞は、「神秘的な衝撃をあたえた」と説明しながら、タイム誌特派員、ロバート・シャーロッドによる「敵の特質」という記事を転載している。以下はその一部である。

〈われわれは、日本人の戦場における自決については、何もかも知りぬいておるつもりでいたが、それは誤りであった。米国海兵は、日本兵が最後の瞬間に自決することを予想していた。しかし、誰が一体この非戦闘員の凄惨な自決を予想したであろうか……。

私はサイパン島の北端、マッピ岬の方に行ってみた。そこでは長い平地があり日本軍の第二飛行場が設けられていた。平地の突端は二六〇フィートくらいの断崖になっていて、その下は大波のうちよせる海面になっている。断崖の突端で米兵は、つぎのごとく話した。

一昨日から昨日あたりまで、この崖の上には非戦闘員である日本人の男、女、子供が幾百人もいたが、その者たちは極めて規則正しく崖からとび降り、あるいは崖伝いに海岸に降りていずれも入水してしまった。僕（海兵）はつぎのような場面も目撃した。

父親が三人の子供とともに海中にとびこんで行ったのを。アッごらん、また一人海中にとびこもうとしている！　見るとせいぜい十五歳くらいの日本の少年が崖下の岩礁の上を歩いている。彼は両手をひろげてとびこみの姿勢をとり、ついに海中に姿を消してしまった。大波が海辺を洗い、さっきの少年の体はこの大波とともに、やがて全く見えなくなってしまった。

なおも崖から見下ろすと、自決した他の七人の死体が認められた。破れた白シャツをまとった五歳くらいの子供が硬くなったまま波打際にただよっていた。

記者は踵をめぐらそうとした。すると海兵は「そんなのは何でもないですよ。半マイルほど西側へ行ってごらん、こんなのが数百人もころがっていますよ」と言った。

掃海艇の士官に会って、その話をたしかめた。

彼の言うにはここの海面一体は死体で埋まり、その中にカーキ色のズボンに白いブラウスをまとい、黒い長い髪を波間に漂わしている女の死体があったが、自分はその後、おなじような色のブラウスを見るたびに、その女の姿を思い出してならなかった。また四歳か五歳かの子供が、一人の日本兵の首にその小さな腕をまきつけたまま溺死しているいじらしい姿も見られた。さらに何百人もの自決した日本人の死体が、近くの海面に見られた、と語った。

この自決は一体、何を意味しているのか？　それはサイパン島の日本人が「米軍は獣であるから、日本人をみな殺しにするであろう」と、信じ切っていたことを意味するのであろうか……〉

七月九日早朝、マッピの海岸で、戦車第九連隊第二中隊の佐藤中隊長に出あった。中隊が違っていたが、以前から私は顔を知っていた。佐藤大尉は戦車服姿の私を見つけ、「戦車隊の者か、ご苦労」とねぎらった。

「これから、どうしたらよいでしょうか？」

「ジャングルに入って、抵抗をつづけるんだ。米兵をここで釘付けにすれば、本土攻撃の兵力をそれだけ割くことになる」

「では、中隊長も御一緒に……？」

「いや、俺には自分の考えがある」

大尉は一人去っていった。それっきり姿を見なかった。自決したのであろうか。

佐藤大尉は当初、グアム島に派遣されていた。その後、トラック島に転任するためサイパンで準備中、戦闘にまき込まれてしまったようである。

私は、ジャングルで生きぬこうと決心した。チャチャの戦車隊基地跡までなら、地理がよくわかっている。まずチャチャまで南にさがろうとした。

しかし、まだ米軍の野戦陣地が残っており、米軍は夜も厳戒体制をとっていた。ひっきりなしに照明弾を撃ち上げ、機銃掃射の銃声が響いた。掃蕩作戦が続行されているのだ。

私はジャングルの安全な洞窟を選びながら、雨露をしのぎ南へ進んだ。四、五〇人が集団自決している洞窟もあった。米軍にかこまれ、とっさに遺体のなかにまぎれこんで息をひそめたこともある。

カナベラ付近で、偶然にもチャチャに駐屯しているころ顔見知りの少年に出あった。サイパンに上陸した直後、戦車の掩蔽壕づくりの最中に、少年はしょっちゅう私たちにまとわりついた。作業をものめずらしそうに見つめ、無邪気に話しかけてきた。軍の糧秣を持たせて帰らせたこともあった。

「だれもとおらない道がある。僕が案内しよう」と、少年はいう。彼も両親とはなればなれになってしまったらしい。

私は、少年に案内されて、ジャングルを進んだ。

真夜中、カナベラ神社付近にたどり着いた。暗闇のなかで、どうも人の気配がする。息をころして、あたりをうかがった。米軍かもしれない。半時間ちかく、身じろぎもしなかった。どうやら友軍らしい、と判断して私は、思い切って声をかけた。

「だれか？」

「海軍の兵隊だ」

「おう、自分は戦車隊だ」

このときに出あった為政兵長とは、一五ヵ月間にわたって洞窟生活をともにすることになった。

ジャングルには、かなりの日本兵が入りこんでいた。一週間後、チャチャの戦車隊駐屯地跡に到着したとき、私たちのグループは八人をかぞえた。

私たちを案内してくれたのは、沖縄生まれの具志堅という名の少年で、当時十四歳だった。この少年をどうするか、洞窟生活をはじめる前に論議した。

子供を一緒に生活させるのは無理だ、という意見が強かった。米軍の銃弾にさらされる危険と、たえずとなりあわせの毎日である。しかもジャングル生活に、いつ終止符がうたれるか予想もできない。

しかし、米軍の手に渡すと、われわれの居場所が察知される、という反対意見も出た。結局、少年を山からおろすことにした。そして、いやがる少年を懸命に説得した。

山から駆けおりて行く少年を見送りながら、米軍の掃蕩作戦にぶつからないよう、無事を祈った。

一五ヵ月にわたる長い、苦しい洞窟生活は、この日からはじまったのである。

エピローグ

復員後、夢中で働き、仕事を何度もかえた私は技術を身につけ、特許を申請できる製品を完成させた。そして独立。幸運に恵まれ、約四〇人の従業員をかかえる工場が持てた。

そして、戦後の日々をふりかえる余裕も生まれた。昭和四十七年、結婚二五周年記念に私は、サイパン旅行を思い立った。

妻はしぶった。あえてサイパンを選ぶ必要はないと主張した。私はいつの日か、戦友たちを弔いたかった。満ちたりた生活を築けたのも、亡き戦友たちの犠牲によって生みだされたものだ、との信念が、妻を納得させた。

八月一日、一週間の予定でサイパンに向かった。

二日早朝、サイパン上空から二五年ぶりの島を見た。コブラ・フィールド飛行場の滑走路に機体が車輪をつけた瞬間、激しい感情がわいてきた。目の前の景観と、あの日々の記憶が、ダブって胸を襲ってきた。

翌朝、日本の若い世代を乗せて、島内観光の車が走った。島民のガイドが戦跡を案内してまわったが、当時の事情とかなり違った説明をしているので、強い不満をおぼえた私は、「二七年前の戦車隊の生き残りである」と明かし、臨時ガイドを買って出た。

はかり知れない犠牲者をだしたこの島を、すこしでも理解してほしい、という願いがそうさせたのだ。

タナバク海岸で、ごみ捨て場に打ち捨てられた鉄塊が目にとまった。近づいて、茫然とした。

旧日本軍の九七式中戦車なのだ。満州からサイパンへ、そして最後の攻撃で、われわれと運命をともにした戦車が、三〇年近くたってなお、その姿を残していた。さびついた無残な車体に、強い愛情がよみがえった。

私たち戦車兵にとって戦車は肉体の一部分だった。そして、多くの戦友は、この戦車と一緒に散っていった。なぜ打ち捨てられたままなのか。私は、怒りをおぼえた。

朽ち果てたひとかたまりの鉄塊が、あのキャタピラの音をたてはじめた。それは戦友たちの叫びにも聞こえてきた。

「この戦車を日本へ持ち帰ってほしい」

「貴様と一緒に、戦車ともども祖国へ帰りたい」

その声は、耳底から脳髄へ、どよめくように伝わってきた。

三年ごしの交渉

昭和四十七年、二五年ぶりにサイパンをたずね、九七式中戦車がごみ捨て場に放置してあるのを発見した瞬間、強い衝動にかられた私は、「なんとしてでも、この戦車を帰国させてやりたい。戦友たちの霊を弔いたい」と思った。

さっそく私は、タナバクのごみ捨て場にある戦車の所有者をたずねて歩いた。しかし、だれもが首を横にふるばかりであった。だが噂が島にひろがったらしく、ヘシウス・ゲレロと名乗る島民が、私のホテルにたずねてきた。

「あの戦車は、私のものだ」と、彼はいう。

ゲレロは、日本の戦車隊の食糧運びを手伝っていた男であった。名前に記憶があった。差しだした名刺には、スクラップ業とあり、鉄の値段が下落しているので放置しているのだ、と説明した。

「戦車隊には、非常に世話になった。私が掘り出したものだから、さしあげてもよい」という。

「よし、それなら持ち帰ろう」と、このとき私は腹を決めた。そして、ゲレロとの再会を約束して一週間後、帰国した。

まず、輸送の準備をはじめなければならない。グアム島まで船便があることもわかった。サイパン、グアム間は現地の船会社に依頼する手はずもととのえた。

翌四十八年二月、戦車の積み込み、輸送の交渉などを進めるため、私はサイパンへ再度、飛んだ。突然、サイパン行政府から出頭命令がきた。

政庁の職員をたずねると、きびしい表情で「あの戦車を持ち帰るのは、だれの許可を得たのか?」と、なじる。私はこれまでの事情を話し、戦友たちの霊をなぐさめるために靖国神社へ寄贈する計画であることを説明した。
「とんでもない。ゲレロがスクラップ業をやっていたのは、一〇年前の話だ。いま、戦車を管理しているのは、サイパン政庁だ。許可できない。もし持ち帰るなら、日本政府の正式文書が必要だ」

職員は、強い口調で言い切った。

私は失望した。しかし、あきらめ切れない。

いったん帰国した私は、その足でただちに外務省アメリカ局をおとずれ、北米一課、浜中季一事務官（後、駐グアム総領事）に事情を説明した。

事務官から請願書を提出するようにすすめられ、さっそくその手続きをとった。一週間後、外務省からの公式文書が、米国務省からホノルル高等弁務官の手を経てグアム・サイパン行政府へとどけられた。

戦跡のサイパンを訪ねた人たちは、まだ島に残る旧日本軍の兵器を記念に持ち帰ろうとするので、サイパン行政府は、そのたびに日本政府の正式文書を要求し、断わっていた。私の場合も同様に扱われていたのだった。彼らは、面倒な手続きを求めればあきらめる、とふんでいたらしい。私は、あきらめない唯一の例外だったようだ。

外務省を通じて、サイパン行政府からの電報がとどいた。
「戦車は歴史的価値があり、サイパンの観光資源である。マリアナ諸島からの域外搬出は許可できない」

私は屈しなかった。ふたたびサイパン行政府をおとずれ、電報のコピーを突きつけた。

「このような回答なら、最初からそういえばよい。日本政府の正式文書があれば許可する、と説明したのは、なぜなのか？」

「不本意だ。納得しかねる」

「一歩譲って、歴史的価値がある、観光資源だ、という主張を認めてもよい。それなら、ごみ捨て場に打ち捨ててあるのは、なぜか？」

私は、激しく詰めよった。

「戦車隊の兵隊として、見るに忍びないのだ。しかるべき場所に置くのが当然ではないのか。できることなら、戦車隊が玉砕したオレアイ（現サン・ホセ）飛行場跡に移してほしい」

相手はたじろいだ。そして私の主張は、とおった。翌日、戦車は観光コースに移された。だが、戦車を持ち帰る望みは、これで絶たれた。

ところが、帰国準備をしていると、タナバク港付近には、まだ戦車が地中に残っているという噂を耳にした。海岸の拡張工事のさい、日本と米軍の戦車が基礎石がわりに使われたと言う。

それを聞いてこおどりした私は、行政府にふたたびかけあった。行政府側は、戦車があるのを確かめたうえで、許可をもとめてほしい、と言う。私はさっそく、発掘許可を申請した。すると、検討した上で許可証を日本へ郵送する、という。

私は、残念ながらひとまず帰国しなければならなかった。

帰国してから二ヵ月が経過した。しかし、なんの連絡もない。このころ、私の計画を知って戦友二人が、協力を申し出てくれた。北浦照之氏（のち戦車奉納会長）と、サイパンで戦死した田中隊所属の古沢氏の実兄、古沢富次氏である。

サイパンに三人で押しかけて談判しよう、と話がまとまった。

こうして、サイパン行政府で、国連、米軍関係者らも出席して会議が開かれることになった。この会議に私たち三人も参加し、これまでの経過を話し、その趣旨を懸命に説いた。

「許可しよう」と、結論がでた。もっとも条件付きであった。行政府の責任者が出張中なので、一応了承を得ておきたいと言う。

ようやくめどがついた。連絡を待つことにして、私らはひとまず帰国した。

ところが、ふたたび、なしのつぶてである。また三人でサイパンへ向かう。行政府の態度はいっこうに煮えきらなかった。回答をひきのばそうとしている姿勢が、ありありとうかがえた。

苛立った。三人とも、それぞれの仕事の制約があった。長期滞在はできかねる。失望のうちに帰国した。かくて、また単独の交渉がはじまった。

だが私は、なんとしてでも、戦車をつれもどしたかった。あのジャングルの日々を思い、果てていった戦友たちの霊を慰める唯一の方法は、これしかないのだ、と私は萎えようとする気持をふるい立たせた。そして、単身、サイパンへ渡った。私は、政庁に発掘許可を執拗に迫った。

「よしわかった。許可しよう。しばらく待て」

こういう回答を得て、私は帰国した。しかし結果は、やはり同じである。いっこうに連絡がない。

この問題にけりをつける決心をした。戦車を発見した日から、もう二年が過ぎようとしていた。私は、またまたサイパンに渡り、ねばりにねばり抜いた。そして今度は、ようやく許可がおりた。

十二月十日から四八時間、発掘してもよい、と言う。

ついに念願がかなったのだ。

発掘まで、まだ一週間の余裕があった。私は急遽、帰国した。経営していた工場も年末をひかえ仕事が山積している。従業員のボーナスも準備しなければならないのだ。

私は、きわめて短期間でいっさいを整理して九日、サイパンへとってかえした。今度は、かならず戦車を持ち帰るのだ、それまでは、いつづけてやる、深く心に決めていた。

行政府も、ねばる私にかぶとを脱いだようであった。十日、ブルドーザーとショベル・カーをそろえ、作業員も用意してくれた。

タナバク海岸で、待望の発掘作業が始まった。ブルドーザーが、どんどん土を掘り起こしながら進んだ。

たしかに地中から戦車が姿を見せた。しかし違う。いずれも米軍のものであった。あの、九七式中戦車はあらわれない。

一日目、徒労に終わった。タイム・リミットにまであと二四時間である。

二日目。午前中は、やはり前日とおなじ結果であった。午後もブルドーザーが掘り進んだ。

しだいに期待は、失望にかわっていった。

行政府の職員が気の毒がった。

「噂に過ぎなかったんだ。日本の戦車なんて、ここにはないんだ。このままでは、費用がかさむだけだ。何度も足を運んで残念だろうが、もう、あきらめて帰ったら……」という。

激しく心が揺れた。これまでの苦労は結局、無駄だったのか——。

「もう一日だけ発掘させてほしい」

「結果はおなじだよ。だが、どうしても、と言うのなら、許可してもよい」

職員は、なかば憐れみながら、二四時間の延長を認めた。

日が暮れるころ、ススッペ崎の墓地に立った。斎藤中将ら、玉砕した日本軍の全将兵の霊が眠る地である。私は、深く頭をたれてたたずんだ。私はせっぱつまっていた。

「本当に貴様たちが日本に帰りたいのなら、明日かならず戦車を掘り当てさせてくれ」

「私はあと一日だけ許可をもらった。私と一緒に祖国へ帰るために、明日は姿を見せてほしい」

約一時間、何度も同じことを墓地に語りかけ、念じつづけた。

翌朝八時、ホテルを出て、ふたたび発掘作業をはじめた。やはり駄目か！　午前中、焦りと失望の時間が過ぎていった。

午後二時過ぎだった。

「日本の戦車らしいものを掘り当てた」と、人夫が知らせた。

私はたいした期待も抱いてなかったが、それが日本の戦車であるとわかったときは、全身の血が逆流するように感じられた。

地中二メートルあたりから突き出た砲塔は、まぎれもなく九七式だ。ついに、目の前に姿をあらわしたのだ。私の願いは、亡き戦友たちに通じたのだ。一度に熱いものがこみあげ、涙が頬をつたった。

赤茶けた土をかぶり、錆ついた車体ではあったが、あの戦闘のさいに私たちを乗せ疾走した姿、それがオーバーラップした。サイパン行政府の職員たちも、全員「バンザイ」を叫んでいた。

その夜、気持がたかぶり、目がさえて寝つけない私は、戦車の発見位置の図面を添え、行政府宛に提出する日本への運搬要請書を作成した。

行政府側は、早急に最後の検討をする、と約束してくれた。胸をはずませながら、ひとまず帰国することにした。

戦車をつれもどす計画は、九〇パーセントまで実現に近づいた、と私は思いこんでいた。しかし、それは過信であった。サイパン行政府との交渉には、まだ大きな壁が残されていたのである。

行政府は、戦車ひきとりの代償を要求してきた。しかも、金銭でなく、適当なものを選ぶために時間的余裕がほしいという。まだ兵器類が島に残っているだけに、売却の前例をつくりたくなかったらしい。

何度か、日本とサイパンの間を手紙が往復した。

昭和50年７月20日、30年ぶりにタナバク海岸で掘り起こされた九七式中戦車。海岸拡張工事のさいに、米軍の遺棄戦車とともに地中に埋められ、基礎石のかわりに使用されていたという。

《戦車をもう一輛、あなたが発掘すべきだ。日本に持ち帰ったうえ、修復し、一輛をサイパンに寄贈してほしい》

《戦車を三輛要求したい。修復のためには、防衛庁の協力が必要である。一輛は、最初の計画どおり靖国神社へ寄贈する。一輛はサイパンへ、残りの一輛は謝礼として、防衛庁資料室に贈りたい》

戦車一輛を持ち帰るためには、海上輸送費だけでも一〇〇万円を必要とした。三輛を運び、さらに修復費用まで計算すると二〇〇〇万円をこえる。私一人では、とてもまかない切れる金額ではない。修復には防衛庁の協力をもとめるつもりだった。

驚いたことにサイパン行政府から、「防衛庁に戦車を寄贈される由、これまでの交渉は一切、白紙に戻したい、戦車持ち帰りは許可しないことに決定した」といってきた。

手紙を読み返し、私はあわてた。いままでの努力がいっさい駄目になりかかっている。昭和四十九年八月、急いでサイパンへ飛んだ。行政府に翻意してもらうようたのみこんだ。自衛隊は日本政府の公的機関であり、その場合は米国防省の許可が必要である、という理由らしかった。実際は、太平洋戦争で使われた戦車を防衛庁へ引き渡した場合の世論などに配慮が働いたようであった。

説得のすえ、なんとか落着した。「防衛庁への寄贈計画は、当初から考えていなかった、と理解しよう」と、譲歩してくれた。

代償条件が提示された。サイパン島の記念公園に置いてある朽ち果てた機関車を修復してほしい、と言う。これは、旧南洋興発が砂糖黍《きび》運搬のために使い、戦後、観光客のために展示されているものである。

修理が可能なのか、検討するために帰国した。専門家に教えをこい、造船所をたずねて意見をもとめた。その結果、修理できることはわかった。ただ、錆ついた機関車は、日本へ運ぶまでに崩れ分解する危険性があった。現地での修復が適切である、という意見が強かった。

私は返事を持ってサイパンへ出かけた。資材を日本から送り、現地で修復したい、と伝え、技術者の確保を依頼した。

行政府側は、検討のうえ連絡すると言う。

昭和五十年三月、外務省を通じ、ようやく連絡がとどいた。

《機関車の現地修理を許可する。代償として戦車の持ち帰りを認める。機関車および戦車の運搬費用いっさいは、あなたの負担とする》

そして最終的な打ち合わせのため、はやい機会に来島するよう、行政府は要請していた。壁を乗りこえた喜びが胸にこみ上げた。

しかし、あまりにも度かさなる交渉は、私に不信感を抱かせていた。待ってましたという態度で島へ向かえば、またどのような条件が待っているかもわからない、と私は考えた。はやる気持を押さえながら、「六月にグアム政庁のジェイムズ・M・新宅名誉領事と同行し、訪問したい」と折り返し連絡しておいた。

六月三日、グアム島の新宅名誉領事をたずねた。すでに行政府に口添えしてくれており、添書まで用意してくれた。こうして、マリアナ地区副行政官のダン・秋本氏と戦車ひきとりについて、詰めの交渉に入った。ここまできて「やっと戦車を持ち帰ることができる」という実感がわいてきた。

私は、代償として修理を要求されている機関車を点検した。機関車修理の経験など、むろん持っていない。しかし、やりとげなければ、戦車は渡してくれないのだ。なんとか約束をはたすつもりであった。

修理に必要な資材を六月中に島へ送り、七月十三日に修理のため来島する。そのあと戦車を完全に発掘し日本へ運ぶ、というスケジュールが決まった。

さっそく修理に必要な鉄板をもとめ、かけずりまわり、大阪・梅田の川鋼物産で買い求めようとしたところ、その程度なら寄贈しましょうと申し出てくださった。サイパンまでは、大和海運が無償輸送を引き受けてくれた。私はその好意がうれしかった。

そのころ、私の計画が新聞で報道された。外務省でキャッチした新聞記者が、自宅に電話をかけてきた。ひきとり実現に一〇〇パーセントめどがついていたので、これまでの事情を説明した。

ニュースが全国に流れると、朝晩、自宅に訪問客があいついだ。いずれも、少年戦車兵の出身者たちが集まる若獅子会のメンバーであった。清水氏、藤原氏、守屋氏、浜田氏……。

「われわれにも一輌、都合がつかないか？」と言う。

戦車への郷愁が、いっきょに噴きだしたようであった。

たしかに、戦車はまだ島に残っている、と推定された。しかし、行政府が許可するか、どうか？　かりに許可しても、費用がかさむ。藤原さんたちは、経費は負担するからぜひ、という。

じつは、私も費用の捻出に悩んでいた。工場を経営していた当時の貯えがいささかあったが、戦車ひきとり計画に奔走している間に、それも消えていった。

そんなころ、妻がさりげなく「お金が必要なら、マンションの一部屋を手放したら……」といい出した。救われた。家財道具を残りの一部屋におしこみ、売り払った。

七月十三日、長男をつれ二週間の予定でサイパンへ向かうことになった。長男は大学院で機械工学を学んでいる。機関車修理を応援してくれることになった。出発直前、持病の痛風の発作が起きた。次男が肩をかしてくれ、伊丹の飛行場まで送ってくれた。安定した生活を投げ捨て、戦車持ち帰りのために血道をあげる。そんな行動は現代の常識で理解が困難だろう。その父親に、家族は協力してくれた。

前年十二月に発見した戦車を、完全に発掘した。若獅子会の人たちから依頼された二輛目も、意外に簡単に発見できた。

この二輛目の戦車について、行政府にかけあった。これまでの経過から、交渉方法によっては、またつむじを曲げられるかも知れない。

「ながい間、サイパンにかよったが、その記念に一台を自宅の庭にかざりたい」

「OK」

さっそく、国際電話で藤原さんを呼びだし、受け入れ準備をするようすすめた。こおどりしているさまが、受話器から伝わってきた。

機関車の修理も見事にできあがった。行政府の職員たちも満足げであった。ロタ島にも機関車が残っているので、つぎの機会にぜひ修理してほしいと言う。

八月三日。一三回目のサイパン行である。同行者は若獅子会の藤原、浜田、上村の三氏、それに私の知人、杉田君だった。いよいよ、戦車を帰国させる日を迎えることができた。

現地の人に依頼しておいた戦車の手入れは、機関部などにわずかな砂を残すだけで、完全に終わっていた。

砂を残してもらったのは、考えるところがあったためだ。サイパンで玉砕した人たちの遺族には、一片の通知だけで遺品はなにひとつとどいていなかったので、せめて戦死の地の砂なりとも分けてあげたかったのだ。

しかし、土砂の輸入は防疫上、許可されていない。横浜の検疫所で事前に打診すると、勿論「法律はまげられない」という。ただ「砂を落とすために最善をつくしてほしい。心情はわかるので、日本人として協力するのにやぶさかでない」と、いい添えてくれた。私は、胸にジンとくるものを感じた。

帰国をひかえ、発掘した二輛の戦車の前に仮祭壇をもうけて慰霊祭を行なった。戦車の両側に日の丸の旗をかかげ、藤原さんたちが携えてきた四〇余りの卒塔婆《そとば》をならべた。サイパンの青い空に、香煙がゆらいだ。

七日朝、大和海運のぽなぺ丸がサイパン港に入港した。フォークリフトが、二輛の戦車をつまみあげるようにして甲板に引き揚げる。三〇年前、北満の地からサイパンに到着したとき、戦車の陸揚げ作業は困難をきわめた。一五・三トンの九七式は、弾薬、燃料でさらに重みをましていた。ひんまがったデリックがあえぐようにして、戦車を輸送船から降ろした。

いま、フォークリフトは、いともスピーディーに、無表情に運びあげる。埠頭《ふとう》から宙に浮いた戦車を見あげると、キャタピラの凍結鋲が目にとまった。満州では、凍結した原野で戦車を走らせるさい、滑りどめのためキャタピラに凍結鋲をとりつけていた。それをはずす余裕もなく、この島にきて、そして戦いがはじまったのだ。

甲板に立って、はなれてゆくサイパンの島を望みながら、私はポロポロと泣いた。こらえようのない涙だった。

船で島をはなれるのは、収容所から帰国した三〇年前についで二度目である。あの日も、緑の熱帯樹がしげり、珊瑚礁の青い海は静かに波打っていた。しかし、今日は違う。ようやく、戦友たちを帰国させることができるのだ。この島に果てた戦友たちの顔が、浮かんでは消えた。

私の戦後は、ようやく終わったのである。

風雪三〇年をこえて

昭和50年8月11日、横浜・本牧埠頭でぱなべ丸より陸揚げされる九七式中戦車。

戦車は一輛を靖国神社に奉納し、一輛は若獅子会の人たちによって、富士市の元少年戦車兵学校跡にある〝若獅子の塔〟の前に納められた。

この前後、私は大勢の遺族、戦車関係者からお手紙を頂いた。遺書を送ってこられた遺族の方もいる。

サイパンから戦車を持って帰るというのは、かなりとっぴな行動だったのだろう。新聞やテレビで、しばしば紹介された。このために、サイパンで戦った人びと、戦死した将兵の遺族の方々と連絡をとることができた。

戦車が、そのかけ橋となったのである。錆びた戦車を最初に見たとき「これを持って帰れば、戦友の霊が慰められる」と漠然と考えた。実際に持ち帰ってみると、それが機縁となって、大勢の方々から、お便りを頂いた。

このような波紋は、当初まったく予想していなかった。直感的に「戦車を持って帰ろう」と思ったのは、間違いではなかったのだ。亡き人の霊を弔うことは、生きつづけている私たちで、死者を語り、偲ぶことなのだ。

勝手ながら、ここで私のいただいた手紙の一部を紹介しよう。

なぜなら、当時の戦友たちは、どのような気持で祖国のために殉じ、遺族の方々が、それをどう受けとめ、三〇年後に、あの戦争の傷痕がどのように残ったかを、戦争を知らない世代の人たちに、多少なりとも、理解してもらいたい、と願うからである。

石田　実栄

東寧（北満）離別に当たり行先もはつきり申上げる事も出来ません、然し昭和十六年一月十八日雪晴の朝、明暮れ楽しく何等不足なく育てられし我家の門を後にして一路軍籍に身を運びたるなれば、粉骨砕身の覚悟にて、再度故郷の地に立戻るべきでなきと、板垣の坂、母と最後の地は山田橋にての事であつた。今更乍（ながら）偲べば思出深し何時迄も何時迄も健や（か）なれと祈る。送る送られる姿神の如し感あり、二十一年間育てられし生みの親との最後の別れる日であった。

人生のはかなさと申すか、否自己主義、我儘と申しませうか。再び廻り逢へる日もある事と自分で勝手に反段（判断？）し、実は確実ならざる便りお許（し）下され、今更乍（ながら）反省し身は軍籍を忘れたのではありません。

何時か申上げし、決勝の年、戦の場に向はんとしつつあります。驚きもせず、別に心残りもなく勇んで行けるも父母様の健全なるのと家に別状のなき故でせう。

伊勢参りも夢でした。然し母上と共に参ります。

大阪で姉妹と父なる肉親に見送られし折、早朝、東区役所でお別（れ）した父の声、やはり想へばこれ又最後の姿なり。行軍中、電車で先を行かれた姿も見受けました。

何時まで〳〵話し顔見合つてもそれまで残り心はあるものです。……（中略）……今や一人前の軍人です。誰にも負けぬ覚悟です。小生在隊中の日常は……（中略）……にお聞き下され。小生なき後程（否軍籍にある実栄は国家のものなれば）心配もくやしみ悲しみはなきはず。増子は父母の行末、石田家の基礎として守るべきです。国家百年の計を樹つる為、吾れ一人でよければ喜んで受けます。……（中略）……大君に尽すは父母への孝行と信じ喜んで下され、姉妹中より御奉公は只の一人です。その分働きます。最後の働きを御覧に入れませう。同封中写真これは紀元節の日撮ったものです。当時で最後の吾姿を推察下さいませ。

内に居し頃と何等不変（かわり）なき実栄と御想像下され。

筆まめなれど方針に基き如何とも致し難く出来得る限りの便り近況申上げ度く存じます。

尚髪、爪、等 吾（わが）一部と思い下され。昨暮れ送り置きし衣類も何か虫の知らせでせう。……（後略）……

この遺書は福井県今立郡池田町在住の石田茂さんから届けられた。この方は、手紙の主、戦車第九連隊第四中隊の石田実栄軍曹の義兄にあたる。

石田軍曹は、サイパンに米軍が上陸した昭和十九年六月十五日、最初に迎え撃った戦車隊の一員として戦闘に参加、壮烈な戦死を遂げたとみられる。この戦いで第四中隊は、ほぼ全滅した。

遺書の表には「笑つて下さい、母上様」と書かれていた。母親に衝撃をあたえないように気遣い、そして死地に赴くことを覚悟し、それを明確につたえられない気持がいたましく感じられる。石田軍曹は当時、たしか二十三歳である。

北沢　今朝治

妻よ。結婚してより日浅く今別れ行く時ぞ来れり。二人の間に愛児あらばよく賢母たれ。強く正しき教によつて、よしや無きにせば行く末はその意志にまかす。今出て行く処は知らず、何処の地からか幸を祈る。孝養の二字忘るべからず。靖国のお社に会ひに来れ。桜花は美しきものぞ。われ無き後の総ては妻よなせ。照文・かほりは吾子の名なり。

霜柱踏みてぞ母は宮柱に
　いとし我子の勲功祈るか
兄弟をくにに捧げて手柄まつ

年老ふ母よすこやかにあれ

お母様。今ぞ米英を撃つて粉にする時が参りました。今朝治は元気で征きました。すべては妻に話しあり、何卒その意をお聞き下され、妻の心に任せて下さい。お健やかに、いつ迄も。

兄上。共に戦ふ時が来た。弟の我まま、御厚意を謝す。何もなさず、ゆるせ。尚この上にもわれ亡き後の万事、妻の事もたのむ。

皆様の御多幸を祈る。

生還不期、心に決めてありし故、ひたぶるにしも、われは征きたり。

長野県諏訪市四賀に在住しておられる実兄の北沢助寿氏からよせられた遺書である。

北沢今朝治准尉は、戦車第九連隊本部付であった。第九連隊の戦車を動員して行なわれた昭和十九年六月十七日未明の総攻撃のさい、五島連隊長の戦車近くにいたと推定される。暗闇のなかの戦闘であったので、その位置は明確ではない。

当時二十七歳。結婚直後に征かねばならなかった。お兄さんによると、夫婦の間に結局、子供は誕生しなかったそうである。

富　斐彦《あやひこ》

願望遂ニ達ス

御父母様ノ事宜敷頼ム

紀伊水道通過時藤白ヲ眺メ
感無量
爾後音信不通ト成ルモ
御放念アリ度
御身体ニ注意セラレ
御健闘ヲ祈ル
兄上様
二十七日二十時

右の一文は、和歌山県海南市藤白に在住しておられる富氏のお母さんの秀さんからいただいたものである。

「サイパンへ向かう途中、横浜に立ち寄ったさい、兄に会うため東京の会社へ参りましたところ、折悪しく当日は兄が下宿移転の日で欠勤致して居りましたので急ぎ元の下宿へ尋ねて行きました。ところがこれ又兄が新しい下宿先へ荷物を持って行った後で不在。まだ荷物も残って居るし、下宿のおばさんが今一度帰って来るとの話で長時間待ったが遂に会えず、その部屋にあり合わせた印刷物の裏へ一筆認めたもの」という。

富少尉は戦車第九連隊第五中隊に所属していた。たしか第三小隊長と記憶している。やはり六月十七日の総攻撃に参加した。オレアイ飛行場に突入したさい、私たち第三中隊の後方につづいていたはずである。その後、乱戦状態に陥った。

二十日の戦車による最後の攻撃のさい、富少尉の姿を見かけなかったので、十七日の時点で戦死したと思われる。

遺書には「用済焼却」と大書されており、実兄にだけ最後を伝えようとした心情がうかがわれる。

「紀伊水道通過時藤白ヲ眺メ感無量」とあるのは、満州からサイパンへ向かう途中、輸送船が紀伊水道をとおって横浜へ寄港したためである。船上から郷里をしのび、別れを告げて行ったのだ。

私が戦車を帰国させたのは、生き残った者の務めとして、当然の義務をはたしただけのことである。しかし、大勢の遺族に喜んでいただいた。お手紙を拝見しているうちに、亡き戦友たちの面影が浮かび、当時のさまざまの記憶がよみがえってきた。

戦車隊に関係のなかった方たちからの手紙もあった。文面には、わが子を、夫を、兄を失った人たちの悲しみが滲んでいる。

何年もの歳月を苦労されて戦車を故郷にもち帰られ、私たち遺族は感謝の念でいっぱいです。はるばる札幌まで尋ねて下さり、叔父さんの最期の様子を聞かせて戴いたり、祖母はじめ皆どんなに嬉しかったか知れません。私をおれの娘だと言いながら、度々横須賀に来て、抱いてかわいがってくれた叔父さんの事を思うと、なつかしさがふくれあがります。祖母に「帰ってきたら一緒に暮そう。体に気をつけるように」と言ったのが最後の言葉だったそうですが、戦争は二度と行うべきものではありませんね。

私達が平和に暮せるのも、戦死した人達の犠牲の上にある事を忘れてはならないのだと思います。

サイパンの激戦のフィルムなどみる時は、もしやあの中に叔父さんがいると思い、息をつめてみていた時もありました。小野田さんが帰って来た時も、あれが叔父さんだったらと思わずにはいられませんでした。みんなもそう思った事だろうと思います。

下田さんをはじめ幾人もの人達の良い人に接して、叔父さんは幸せだったなーとつくづく感じました。靖国神社は近いので、折があったら、また叔父さんに会いにいくつもりです。白布につつまれた砂をみていると、おじさんはやっと帰ってきたという感じがして、ある意味では安らぎをおぼえます。

東京都世田谷区　越後（旧姓西館）潤子

法夫が出撃に際し、皆様方に残した最後の言葉を思い起しては胸を熱くしております。もはや生きて帰らぬ身であることを思えば、中隊員としての皆様方とはもろ共に在ることはない以上、今にして思えば至極当然のことであったと存じます。あの激戦のただ中へ、それぞれの戦車に分乗し、突撃するのであれば、もはや指揮をとることも何も考えられず只真一文字に突進するのみの情況を判断すれば、お預りしたものはお返しして行かなければならない、そして皆それぞれの情況に応じて本分を完うしていただきたかったのではないでしょうか。そして、それ以外には親しい皆様方に対し訣別の言葉を言うことができなかったのでしょう。きょう私が思いますのは、よくあの戦況下にあって、そのことに気がついて皆様方に申しあげてくれたと本当に嬉しく思います。

はなはだ身びいきで恐縮に存じますが、法夫よ、立派な最期であったなあ、とほめてやりたいと思います。あれやこれやと思いをめぐらせば、さまざまなことを考えて参ります。大きくはサイパンに対する大本営の考えが全く甘かったことは勿論のことですが、部隊長をはじめ皆様方は作戦上、全く不利な行動をとらなければならぬ無念さをぐっとかみこらえ、残るは唯命令に従うのみ、これが軍隊というものであってみれば、なにを言うも益ないことでございましょう。しかしながら、今日こうして下田様をはじめ御家族の皆様方の献身的な御尽力によって、その魂魄をとどむる戦車と共に故国に還らせていただき、しかも靖国神社で逢おうの、その言葉とおり現実として靖国神社の社前にお祭りいただけたのですから、これに過ぎたる喜びはありません。数多くの戦友の皆様と共に安らかに眠ることができるものと思います。

札幌市豊平区　西館　博

私が所属していた第三中隊の西館法夫中尉は昭和十九年六月十七日、戦車第九連隊の総攻撃の日に戦死した。お手紙は、中隊長がとくに可愛がっておられた姪の潤子さんと、実兄の博氏から頂いた。

博氏によると、兄弟が最後に別れたのは昭和十九年三月二十六、七日という。中隊長は、横浜からサイパン出発直前にお兄さん宅を訪問、ちょうど、同居していたお母さんが、孫の潤子さんをつれて北海道へ疎開する前日で、母子の最後の別れにもなったという。

中隊長は、おそらく行先はサイパンであろう、と告げ、満州から一転し、はじめての南方生活と、南の島まで到着できるかどうか、などを懸念していたそうだ。すでに死を覚悟していたらしく、形見にと満州で使っていたシャツ類を置き、お母さんには、「くれぐれも体に気をつけて下さい。そして長生きするように」と言いのこした。また潤子さんを抱きあげ、「元気で大きくなれよ」とあやしていたという。

そして兄夫婦には、「はずかしくないように、立派に任務を果たすから安心してほしい。あとのことは、どうかよろしく。ではお元気で」といって立ち去ったそうである。

なお、博氏の手紙にある西館中隊長の「最後の言葉」とは、出撃にあたって、私たち隊員に「預かったものを返す」と言われたことを指している。このことは、すでにくわしく紹介した。「預かったものを返す」とは「預かっていたお前たちの生命を返す」の意である。おそらく「生命を大事にしろ」といいたかったのであろうが、戦場のことであるからそうはいえなかったのであろう。

私は、この言葉を胸に刻みつけながら、サイパンで洞窟生活をつづけた。これが、生きるために大きなはげみになったのである。西館中隊長は、その意味で私にとっての生命の恩人である。

私は元満州第五三三部隊さ隊。井川心勇の弟で御座居ます。この十五日、靖国神社にて戦車奉納ならびに慰霊祭のご案内を頂き、前日の十四日からかけつけて参りました。十五日の奉納除幕式に参列致し、サイパンの地において、いかに奮戦したか、戦車の姿を見てひとしお涙がこみあげるようで御座居ました。長い間、祖国をへだたるサイパンの地に戦車と共に眠りつづけていた兄貴たちも、いかに草場の蔭から喜び合っていることとも信じます。心勇の弟として心から厚くお礼申しあげます。有難う御座居ました。サイパンの地の砂、兄貴の命として仏前に供えさせて頂きました。慰霊祭終り、いろいろと戦況報告をうけたまわり、昔ならばかけつけて行って兄貴たちの仇を討ちたい気持で御座居ました。

長崎県南高来郡　井川　広

私とおなじ第三中隊、井川准尉の弟さんからの手紙である。

井川准尉は昭和十九年七月二十日の戦闘のさい、戦車のなかで重傷を負っているのを私が発見し助けだした。その四日後、艦砲射撃によって壮烈な戦死を遂げている。

当時、南軍曹らも戦死したことはすでに述べたが、第三中隊の秋村善旭智上等兵、合六邦雄一等兵もこの日に散ったと記憶している。

先日は下田様の御熱意と御努力によりまして、かの激戦の地サイパン島より戦車を持ち帰りいただき、三十数年ぶりに英霊が還ってきたような気がいたしました。

この度、貴方さまをはじめ戦友の方々の御尽力によりまして慰霊祭並びに戦車奉納報告祭をおごそかに挙行して頂きまして遺族のひとりといたしまして、たいへん嬉しく思いました。

天にとどかんばかりの力強い祭文の朗読、かっと英霊も感激した事でございましょう。

今日までの計画、大変なことだったと思います。有難うございました。

共に戦った戦友並びに遺族の方々が、ひとつの場で話しあい、なぐさめあう場を作っていただきましてあらためてお礼申しあげます。

筆舌につくせない壮烈きわまる戦いの様子をうかがって、ひとりひとりの兵士が祖国のみ盾となって力のかぎり戦ったことを思いおこす時、はりさける思い、溢れ出る涙をどうすることも出来ません。

これで英霊も祖国の地で静かにねむることが出来るでしょう。

兵庫県養父郡養父町　高階　美保子

戦車第九連隊本部、高階正雄主計中尉の夫人からである。

高階中尉は戦車第九連隊が在満当時、ときおり連隊本部で姿を見かけた。サイパンにも一緒に派遣された。非常に温和な人であった、と記憶している。本来は経理担当のはずだが、あの戦闘当時は戦闘要員以外の人たちが「戦車に乗せて戦わせよ」と強く希望した。そして玉砕していった。


この度は亡き兄たちのために深い御厚情とお骨折りを頂きまして心から厚く御礼申しあげます。一片の公報以外、何を知るすべもなく、あまりにも軽い骨箱を抱き父母と手をとり合って泣いたあの日以来の、長い間の胸のつかえていたものが、春の雪のようにとけて行く思いでございます。兄も本当に嬉しかったことと思います。夢に現れて、うれしそうに帰ろう、早く帰ろうと幾度も私をせかしていました。私はなんと変な夢だろうと幾日か夢のことを考えて居りましたが、このたびのお手紙を頂き、初めて合点がゆきました。本当に兄は帰ってきたのです。入隊以来、一度も相見ることのなかったなつかしい思出のこもる、この故里に、生れ育ったこの家に、そして亡き父母といっしょに安らかな眠りについたのです。

秋光のさんさんとして照るなかに、堅い冷い戦車に手をふれ、目を閉じているうちに、兄の姿が見え、語る声が聞こえるようでした。兄に代り、亡き父母に代り、厚くお礼申しあげます。

第三中隊鈴木正軍曹　妹

私たちとおなじ第三中隊、鈴木正軍曹の妹さん（茨城県在住）からの手紙である。

鈴木軍曹は、六月十七日の総攻撃に参加した。戦車隊で砲手をつとめ、オレアイ飛行場へ突入のさい、五七ミリ戦車砲に榴弾をこめていた姿が目に浮かぶ。射撃の名手として、第三中隊で名を知られていた。

満州時代、私が週番上等兵、鈴木さんは週番下士官でコンビを組むことがときおりあった。なつかしい人である。温和な人柄で、しかも教養に富んだ人であった。戦死は総攻撃の日と推定される。

長男は、もと朝鮮咸興第七四連隊准尉だった父が長患いのため、父のかわりにと十六歳で少年戦車兵学校二期生として入学いたしました。

そのご関東軍配属。東寧におりましたが、一向に便りがなく、終戦後二十一年五月でした「十九年七月十八日サイパンで戦死」の公報を受けました。それでも三十年間、もしやもしや小野田さんみたいにとはかない望みを持っておりましたが、けさのテレビでずらりと並んだ塔婆の真中に力石賢一の名前を見つけました。何人おっても自分の子の名前は捜すものでございます。

賢一ははじめ幼年学校にと志願しましたが級では優秀だと思っていても県内となると及ばず、それからは少年戦車兵学校へと突進したものでした。

あの海岸の上に据えられた戦車の前での供養に誰が泣くのかすごい雨のようでしたが、賢一はしっかりした子でしたので笑っていた事と思います。私も七十二歳、余生をこどもの冥福を祈って暮しております。どうもありがとうございました。

サイパン戦死少年戦車兵の母　青森県在住

力石賢一氏は、第九連隊第四中隊に所属していた。少年戦車兵二期生である。当時、十九歳。第四中隊が全滅した昭和十九年六月十五日の戦闘で散っていったはずである。

私とおなじ戦車に乗っていた浅沼保雄兵長が三期生、田中信一兵長、浅香佼兵長らもおなじ中隊の少年戦車兵だった。第九連隊には、少年戦車兵が約四〇人いた。うち二人だけが生き残った、と聞いている。二十歳前後の人たちが、祖国のために殉じていった。

八月十五日の「三時のあなた」を一人見ていまして、サイパンの戦車と聞き涙がとめどなく出ました。

御無事のお姿心からお喜び申し上げます。戦終って三十年たちましたけれど兄のあの往きました姿は年とらず、若い軍服姿で脳裏にやきついております。私の兄、梶原一郎。そのころ、陸軍少尉で戦車隊でした。五三三部隊こ隊で手紙を出していました。陸士を卒業しまして満州に渡り、南方へ行くと便りして南十字星を拝んでいると便りがきました。サイパン玉砕の時、母が、サイパンで玉砕した気がしてならないと言ってましたが、マリアナ諸島で戦死、七月十八日の日付で受け取りました。戦車だから小さな島には、あまりあがらないのでしょう。私達はわからないまま、でもサイパンで玉砕したものと思って居ります。遺骨は紙が入れてありました。満州から南方へ変るさい、一切私物のふとんのほか全部、着物、本にいたるまで送ってきました。そのとき、頭の髪が入れてありました。あぶない所へ行くんだなあと思いました。戦死の報の時、父が病気していましたが余計に悪くなり間もなく死にました。病身の母は五年前まで生きていましたが、いつも兄の事を話していました。

こ隊梶原一郎少尉　妹　広島県在住

「こ隊」は第五中隊を指す。梶原少尉は陸士五六期。優秀な将校であると評判だった。中隊が違ったので、接する機会はなかったが、童顔で凛々しい姿が記憶にのこっている。

実は私の次男、井上広次と申しますが牡丹江よりサイパン戦車隊へ参り当時少尉でございました。貴方様は広次を御承知のよしにて、実に実に嬉しく是非一度お目にかかりたく存じております。唯今までいろいろとお尋ね申してまいりましたが詳わしく伺います方もなく私も八十歳余になりまして、ようやく心願がかないました。

大阪府在住　井上少尉の母堂

私とは、青野ヶ原の初年兵時代、そして満州、サイパンと行動をともにした。幹部候補生で第五中隊の小隊長をつとめていた。

サイパンに渡った当時、他部隊の兵隊の一人が原住民の子供をなぐりつけたことがある。激怒した井上少尉は、子供の案内でその兵隊を捜しだし、なぐり倒した。正義感の強い、心の優しい人であった。

私は昭和十九年七月十六日、サイパン島に於て玉砕しました海軍陸戦隊、結城三郎の妻でございます。姉が早朝、一枚の新聞をもってサイパン島の記事が出ていると見せてくれました。丁度、亡夫の命日の日でした。なにかにひかれる想いで、なんべんもなんべんも読みました。住所お名前も知ることができました。とんでいって、いままでのお礼やらいろいろお聞きしたい気持でいっぱいでした。

生死を共にされた方が、戦場に眠る幾万の英霊のために、また残された肉親のために多額の費用を使って現在に至るまで、なみなみならぬご苦労重ねて下さったことに対し、お礼の申しあげようがございません。心より有難うございましたの一言につきます。誠の心とはこのことだと改めて合掌した次第です。

本当に本当に有難うございました。何十年間か流した涙がいまは感謝の涙となってとめどなく、あらたな想出を一人偲んだ次第です。

和歌山県西牟婁郡上富田町　結城　俊子

結城少尉は、海軍砲術学校出身である。サイパンには、陸軍のほか、横須賀第一特別陸戦隊、第五十五根拠地隊などの海軍部隊が配備されていた。結城少尉は、私より以前に島に上陸していたと推定される。当時、サイパンを要塞化するため島の各地に火砲陣地が構築された。米軍の上陸開始と同時に、日本の要塞砲は激しく応射し米軍もひるんだ。しかし、すさまじい物量作戦の前に、最後は砲の音もやんでしまった。

過日、サイパンから戦車帰還の新聞記事、幾度か繰り返し読ませて頂き、アルバムに張りました。戦車の二字、読む者の胸を打ち、はっと致します。あついあつい人様にはわからぬ言えない胸のかたまりが、こみあげて、しめられる思いが致します。部隊名も違うでしょう、散った場所も違うでしょう、全国の皆様、口では表わせないこの気持、心はひとつ通じるところがあると思います。

冷き戦争は、どこまで私ども尾を引いたことでしょう。戦争で実際に失った者でないとわからないでしょう。

亡き人も昭和十九年八月十二日、ニューギニア・サルミ戦線において、夜の戦闘で最期となりました。遠い南で三十年間眠っていた戦車が横浜へ着いたのが八月十二日、あまりにも同じ日、偶然とはいえない何かの引き合せでしょう。日ごろは忘れて居ります、でも私の脳裏から離れない日は八月十二日です。

私の頭の中に刻み込まれている一通のはがき、

皇国に生き得、陛下の御為に死するは、本より軍人の覚悟とするところなり。

あの一通のはがき、大阪空襲で焼けてしまいました。

あの、あすの命もわからぬ戦争に参加、たしか十八年十一月でした。大阪駅にて身重で立っている私、演習だと出て行く本人、言葉なく全国戦車隊が姫路に集結とのことでした。いろいろとくだらぬ事を書きならべ、もどらぬぐちになりました。お許し下さい。部隊も違うことで、出すか出すまいか、と迷っておりましたが書きました。許されることなら、一度、戦車をおがみしたい気持でいっぱいでございます。

福井県在住　女性

生き残っていた戦友たちからも、多くの便りが舞いこんだ。隈部元中隊長からの丁重なお手紙には、まことに恐縮した。戦車ひきとりから、靖国神社へ奉納するまでの約一ヵ月間、隈部中隊長に特別の御尽力を頂いたのである。

戦後三十年、亡き戦友たちも貴台のこのたびのご苦労にはじめて安らかに眠ることができたのではないでしょうか。ほとんどの戦友が戦死しておりますので、生き残った者としてはいつも忘れることのできないことでした。おくればせながら、生き残りの戦友の一人として厚くお礼申しあげます。

私は昭和十六年七月の関特演に際して召集を受け、久留米で編成を終り、すぐ東寧の連隊に編入、十九年サイパン島に行く時は、第五中隊（柴田隊）所属でした。中隊は小学校跡に宿営しました。暑いところで間もなくすっかり体調を悪くし高熱がつづき、軍医により腸チフスと診断され陸軍病院に隔離されました。米軍の上陸作戦がはじまりましたが、このまま死んで行くのかと思った時は、さびしい限りでした。米軍に収容されて生命は長らえることになりました。

埼玉県在住　阿蘇谷　正三

貴兄のご活躍を知り心から敬服いたしました。戦友の霊を慰めようという一念から十数回にわたりサイパン島に行き、大変なご苦労を重ねられて遂に偉大な計画を実行されたお喜びはいかばかりかと、お祝い申し上げます。南洋の孤島で散った戦友たちもきっと喜んでいることと思います。私たちは満州東安の七八〇部隊（八九連隊）の第三大隊で、アスリート飛行場を中心としたナフタン、オビアン、ダンタン、ヒナシスなどにおいて戦った歩兵部隊で六三〇名中二九名が生還しており毎年一回会合を開いております。戦友たちの霊を慰めることは、私ども生存者の残された最大の努めですので、こんごとも努力したいと思います。

北海道留萌市在住　水上　西太郎

今回の壮挙に涙を流して感激し、誠に「してやったり」戦友殿有難う。ただ感謝、お礼の言葉もなく早速筆をとった次第です。

昭和十五年満州城子溝に戦車第九連隊が新設されるや初年兵として重見伊三雄大佐の元第四中隊に入隊、関特演など満ソ国境の若獅子部隊生え抜きの現役兵として在隊。九七式中戦車は特に当時、最新鋭の戦車として吾々の宝でした。ただ無量の追憶がこみあげるばかりです。昭和十九年一月、内地で一式戦車が製作され、その操縦や砲操作の技術習得のため東京・世田谷の陸軍機甲整備学校に派遣され在学中、四月、母隊がサイパン島に転属したのを知り、七月卒業と同時に原隊復帰の命をうけ勇んで待機していましたが玉砕の悲報に接し、五島部隊長はじめ鳥飼中隊長以下死生苦楽を共に誓った戦友を一度に失い、いまなお痛恨の念忘れ得ず、せめてなんとか、生存者の有無を念じていました。

福井県在住　川森　行男

先般は菊の香薫る靖国の社頭において、英霊をとむらい、戦車を奉納する聖業を為し遂げられて、さぞ御安堵されたことであろうと拝察いたしますと共に、あらためて純一無雑に斯道に歩み通された大兄の行動力に対し感銘を深くしている昨今です。

極めて短い期間に戦九の生存者の総力を結集し得て、下田大兄の素志を神前に披瀝するという大業を完遂されたこと、ひとえに純粋な魂が、人々の魂を揺り動かし、感動の輪を次々に拡げていったということであり、思うに在天の英霊の霊妙なる力を感ずるものであります。

戦後三十年間、生きている意義について、事あるごとに心中深く痛く反芻していた私にとりまして下田大兄との再会と、相共に歩いた、短いが純一無雑の一カ月は、何にもかえ難い生の命題に対する対決の期であり、こんごの余生に納得できる結論を把みうるであろう確信を与えられた素晴しい一カ月でありました。

しかもこの一カ月は、こんご未来永劫に継承される伝統の第一歩でもあるということでもあります。この天の契機を与えられたこと本当に衷心より感謝いたします。

北海道恵庭市在住　隈部　広雄

参考文献＊原乙未生・竹内昭・栄森信治「日本の戦車」（上・下）出版協同社＊加登川幸太郎「帝国陸軍機甲部隊」白金書房＊防衛庁戦史室編纂 戦史叢書「関東軍」（1・2）「中部太平洋・陸軍戦車」(1)＊伊藤正徳他編「実録太平洋戦争」（1～7）中央公論社＊児島襄「太平洋戦争」（上・下）中央公論社＊五味川純平「ノモンハン」文藝春秋社＊島田俊彦「関東軍」中央公論社＊豊田穣「波まくらいくたびぞ」講談社＊「大日本帝国の興亡」(3)毎日新聞社＊伊藤正徳「帝国陸軍の最後」（1・3）角川書店＊伊藤正徳「連合艦隊の最後」角川書店＊高木惣吉「太平洋海戦史」岩波書店＊林三郎「太平洋戦争陸戦概史」岩波書店＊小川哲郎「玉砕を禁ず」白金書房

最後に、戦車帰還について御協力いただいた左記の各位に、心から感謝を捧げます。

大和海運株式会社、大崎建運株式会社、日新運輸倉庫株式会社、川鋼物産株式会社の各社および関係職員各位。外務省浜中季一事務官（後、グアム島駐在総領事）、ジェイムズ新宅名誉領事、ダン秋本アメリカ合衆国領事、サイパンのハーマン・ゲレロ、清水静夫会長はじめ若獅子会会員諸兄、伊佐見建二会長はじめ戦九会会員諸兄、各機甲団関係者諸兄、戦車奉納会北浦照之会長、遺族代表古沢富次、海野旭世、伊東勝栄、玉置猛夫の各氏。本書執筆に御協力賜った隈部広雄、富秀、北沢助寿、石田茂、結城俊子、高階美保子、西館博、越後潤子、鈴木定子、田畑静香、力石ヨシエ、井川広の各氏（以上、順不同）

単行本　昭和五十一年五月「慟哭のキャタピラ」改題　白金書房刊

解説――戦車第九連隊小史

藤井非三四

関東軍の古豪戦車連隊

日本陸軍で機甲部隊の草分けとなった独立混成第一旅団（吉林省公主嶺）が発展的に解消され、第一戦車団に改編されたのが昭和十三年八月だった。当初は戦車第三（久留米）、第四（千葉県習志野）、第五連隊（久留米）を基幹としていた。戦車部隊の拡充が図られる中、戦車第三、第五連隊から基幹要員の差し出しを受け、奉天省鉄嶺で戦車第九連隊が編成された。ノモンハン事件が停戦する直前の昭和十四年八月のことだった。翌十五年三月、第二戦車団が新編されると戦車第四連隊がここに移り、代わりに戦車第九連隊が第一戦車団の編合に入った。

昭和十五年末における関東軍の配備では、第一戦車団は満州東部正面を担当する第三軍（司令部＝牡丹江省掖河）の隷下にあり、司令部を牡丹江省愛河に置いていた。戦車第九連隊は牡丹江省東寧にあった。ここはソ満国境部で最重要な要塞地帯であり、第三軍の主攻正面だった。ここで戦車第九連隊が歩戦連合を組むのは、国軍最精鋭兵団とされていた第一二師団（久留米）だったが、戦車第九連隊への期待度の高さがうかがえる。

新編以来、戦車第九連隊の連隊長は重見伊三雄大佐（山口、陸士二七期、歩兵）だったが、昭和十六年十二月に公主嶺学校教官に転出し、後任は五島正中佐（愛知、陸士三〇期、歩兵）となった。重見大佐は少将に進級、戦車第二師団の第三旅団長となりフィリピンに向かい、昭和二十年一月に戦死した。五島中佐は大佐に進級、サイパンで昭和十九年六月に戦没している。

太平洋戦争の緒戦は順調に進展し、南方資源地帯の制圧も一段落した昭和十七年六月、「昭和十七年国軍軍容刷新要綱」が定められた。この目玉が戦車師団の編成だった。それまでの第一、第二戦車団を戦車第一（牡丹江省寧安）と第二師団（三江省勃利）に改編し、関東軍の機甲部隊を統括する機甲軍司令部（奉天省四平）が設けられた。またこの時、支那派遣軍で戦車第三師団（内蒙古・包頭）も新編されている。

これらの編成が完結した昭和十七年秋が関東軍の戦力ピークとなる。この時点で関東軍にある戦車連隊は一二個だった。連隊の編制は、連隊本部、軽戦車中隊一個、中戦車中隊三個、砲戦車中隊一個、整備中隊一個、編制定数は兵員一〇七〇人、戦車七七両、戦車を含む装軌車一七八両、装輪車二六両となっていた。

南方に転用された関東軍戦車部隊

昭和十八年六月末、米軍はソロモン諸島と東部ニューギニアの二正面で攻勢を本格化させた。これに対応すべく同年九月末、日本は御前会議において「絶対国防圏構想」を決定した。千島列島から小笠原列島沿いに南下、トラックを中心とするカロリン諸島を回り、ソロモンと東部ニューギニアを切り捨て、西部ニューギニア、バンダ海から南方資源地帯を囲んでアンダマン海のニコバル諸島に抜ける線が絶対国防圏の外縁となる。

この広大な正面を守る戦力をどうするかだが、関東軍で温存してきたものを抽出して転用するほかない。急ぎ求められたのが戦車部隊だった。まず、第一師団戦車隊（北安省孫呉）を改編した戦車第一五連隊が昭和十八年十一月、ニコバル諸島に配備された。続いて第二三師団戦車隊（興安北省海拉爾）を改編した戦車第一六連隊が昭和十九年一月、ウェーク島に向かった。さらに戦車第二師団の戦車第一一連隊（東安省斐徳）が同年二月、千島列島の最北端、占守島に送られた。そして同年四月、戦車第九連隊がサイパンに入った。絶対国防圏を象徴するような部隊運用だった。

昭和十九年二月発令の「大陸命」第九五三号によって戦車第九連隊は、中部太平洋の第三一軍の戦闘序列に入ることとなり、派遣に際して五個中隊に改編され、二個中隊はサイパン経由でグアムに向かうこととされた。三月十日に東寧を出発した戦車第九連隊は、装備と共に鉄道で南下、図們で朝鮮半島に入り、元山、京城（現ソウル）を経由して釜山に至り、ここで乗船し横浜に回航、中部太平洋に向かう輸送船二二隻からなる「東松」四号船団に加わり、四月一日に出港、八日にサイパンのタナバク港に安着した。

なお、戦車第二師団は昭和十九年七月からフィリピンに向かい、ルソン決戦の主力となった。戦車第一師団は昭和二十年三月、日本本土に送られ関東平野の決戦兵団となっていた。昭和二十年三月に硫黄島で玉砕した戦車第二六連隊は第一師団捜索隊を改編したもの、同年六月に沖縄で玉砕した戦車第二七連隊は戦車第二師団捜索隊を改編した部隊だった。

島嶼防衛における戦車部隊の価値

昭和十八年十一月、海軍の守備隊が玉砕したタラワは東西四キロ、南北は最大で〇・四キロという狭隘な島嶼だが、守備隊は軽戦車八両を虎の子にしていた。サイパンは最大で東西一〇キロ、南北二〇キロ、戦車で走れば一時間で横断、縦断できてしまう。こんなところで、戦車部隊をどう運用するのかと疑問に思うが、守備隊は三つの切実な問題から戦車を渇望していた。

ガダルカナルに始まる米軍の反攻は、航空基地を推進して行くことを主眼としていた。この目的を迅速に達成しようと思えば、航空基地そのものに対して経空攻撃を仕掛けるだろう。パラシュート部隊の奇襲によって滑走路一帯を確保し、そこへグライダーや強行着陸する輸送機で増援を送り込み、補給は物料投下、火力支援は航空機に頼る。この円筒陣地が拡大して航空基地を囲む空挺堡が確立すれば陸上機が進出し、航空基地の推進という作戦目的はたちまちのうちに達成される。

こんなことをさせないためには、空挺堡がまだ芽のうちに一掃しなければならないが、それには機甲衝撃力の発揮、すなわち戦車の投入だ。日本の戦車が非力だといっても、平坦な航空基地一帯に展開している個人携行武器だけの空挺部隊を一掃するのは簡単だ。進攻側としても、戦車がとぐろを巻いているところに空挺部隊を投入することにためらいが生じるだろう。そこに放胆な作戦を抑止させる効果も生まれる。この考え方は本土決戦の配備にも引き継がれた。四国の松山市付近に戦車第四七連隊（盛岡）が配備されていたが、これは松山に海軍の大きな航空基地があったからだ。

もちろん、島嶼防衛で戦車の戦力発揮が最も期待されたのは、水際撃破の場面だった。固まりつつある敵海岸堡に向けて戦車部隊が楔入し、それに歩兵部隊が後続する。これによって水際一帯が紛戦状態となる。こうなると米軍は友軍相撃を恐れて艦砲や航空の火力支援を中断せざるを得なくなり、そこに日本軍は敵を海に追い落とす可能性を見出したわけだ。本書で活写されている六月十五日から十七日の戦闘は、戦車第九連隊がこの水際撃破を目指した場面だった。

日本軍はこの水際撃破を追求するあまり大損害を被り、島嶼の早期失陥を重ねたと批判されているようだ。しかし、島嶼に設けられた航空基地の多くは海浜の付近にあり、その攻防は海岸堡の戦闘、すなわち水際撃破となり、単純には批判できる問題ではない。

防御側が島嶼に戦車を持ち込んだことで、部隊の機動面で攻撃側に大きな負担を強いた。最良の対戦車手段は戦車だが、これを海路で敵地に送り込むのは大変だ。一般の輸送船を使うとなると、荷重三〇トン級のデリックを備えたものを集めなければならない。また、どこにでも揚陸できるわけではない。そこで早期に港湾地帯を奪取できるところを狙うとなるが、そうなると敵に上陸地域を予測されてしまう。

この問題を米軍は、船体を上陸海浜に擱座させて戦車などは自走で揚陸するLST（戦車揚陸艦）やLCT（戦車揚陸艇）を開発し、その大量投入によって解決した。それに要した経費と労力は多大なもので、アメリカでなければやれなかったことだろう。

サイパンにおける水際攻防戦

米軍は海兵隊が中心となって第一次世界大戦直後から、水陸両用作戦のハードとソフトの技術革新に取り組んできた。その最新の成果をサイパン上陸作戦に活用した。その一つはLVT（装軌式水陸両用車）だった。これはリーフも乗り越えられ、汀線で停止することなく内陸部まで進むことができる。これには歩兵三〇人搭乗のLVTと七五ミリ砲装備の砲塔を搭載するLVT（A）とがあった。

強襲上陸第一波はこのLVT群が担当し、揚陸海浜を敵の直射火力から安全にする線まで進み、そこに防御線を設ける。安全になった揚陸地域には各種揚陸艦艇が集中して、迅速な揚陸を行なう。要するに上陸第一波自体が海岸堡を造成するということになる。

サイパン強襲上陸は、昭和十九年六月十五日の午前九時前に始まり、七キロ正面で海兵師団二個並列の隊形だった。そして上陸第一日の午後五時までに二個師団の戦列部隊の揚陸が完了し、砲兵大隊四個（一〇五ミリ榴弾砲六四門）の布陣を終え、海岸堡は正面八キロ、縦深二キロに達していた。

十六日から十七日にかけて、この海岸堡を二分すべく第四三師団（名古屋）と独立混成第四七旅団（大阪）からの歩兵三個大隊と戦車第九連隊の戦車四四両が急襲した。ところが火力によって歩兵と戦車が分離され、海岸堡に接近した戦車はバズーカ砲の集中射撃を浴び、駆逐艦による弾幕射撃が加えられ、敗退するしかなかった。

この一戦の敗因は、歩戦協同の訓練をする時間がなかったこと、戦車が不得手とする夜間戦闘になってしまったこと、米軍歩兵の対戦車能力を過小評価したことなどが上げられようが、米軍の揚陸速度には追い付けなかったということに尽きるだろう。そして早くも六月二十二日、アスリート飛行場に米陸軍機が飛来し、サイパン戦の大勢が決した。

NF文庫

サイパン戦車戦 新装解説版

二〇二三年六月二十四日 第一刷発行

著 者 下田四郎
発行者 皆川豪志
発行所 株式会社 潮書房光人新社
〒100-8077 東京都千代田区大手町一-七-二
電話／〇三-六二八一-九八九一(代)
印刷・製本 中央精版印刷株式会社

ISBN978-4-7698-3315-4 C0195
http://www.kojinsha.co.jp

NF文庫

刊行のことば

第二次世界大戦の戦火が熄《や》んで五〇年——その間、小社は夥しい数の戦争の記録を渉猟し、発掘し、常に公正なる立場を貫いて書誌とし、大方の絶讃を博して今日に及ぶが、その源は、散華された世代への熱き思い入れであり、同時に、その記録を誌して平和の礎とし、後世に伝えんとするにある。

小社の出版物は、戦記、伝記、文学、エッセイ、写真集、その他、すでに一、〇〇〇点を越え、加えて戦後五〇年になんなんとするを契機として、「光人社NF（ノンフィクション）文庫」を創刊して、読者諸賢の熱烈要望におこたえする次第である。人生のバイブルとして、心弱きときの活性の糧《かて》として、散華の世代からの感動の肉声に、あなたもぜひ、耳を傾けて下さい。